潮流列島

鈴木 守
Suzuki Mamoru

光陽出版社

はじめに

本書『潮流列島』を出版しようかと思い立ったのは、二〇二一年に入ってからだった。新型コロナ禍の中で、基礎疾患を人並み以上に抱え、我が人生も最終盤であることを意識するに至って、書き残した幾つかのものを編集し、遺稿集ともいえる一冊の本にしようかとの想いに至ったのである。

東日本大震災から十年が経過したが、この被災地の震災直後を津村節子著『三陸の海』で、著者が「日本のチベットと言われていた僻地で、昭和三十七年に初めて岩手県田野畑村を吉村（夫）が訪れた時には二泊三日かかった……」、「あの日、夫・吉村昭が愛した三陸海岸を大津波が襲った」と語っている。震災直後、津村さんが田野畑村の石原氏（現村長）に連絡をとっても、被災地が混乱の中、すぐには駆けつけることが出来ず、十五年ぶりに訪れることとなったのは、震災の翌年の六月だったとも書いておられるように、私自身も、あの大震災・大津波で持ち家を失い、その混乱とショックの中、震災記録ドキュメントともいえる『潮流列島』を書き残そうと思ったのは、ちょうど一年を経てのことだった。

吉村ご夫妻が、一九六〇年代初頭から田野畑に関わることになったいきさつは、吉村昭さんが田野畑村の鵜ノ巣断崖を訪れて書いた小説「星への旅」が、昭和四十一年に太宰治賞を受賞し、当時の早野仙平村長（昭和四十年から三十二年間村長）との繋がりから始まるのであるが、これを私も後で知ることになり、早野氏が三陸地域の陸の孤島といわれた田野畑村に懸けた村政発展の想いとともに、命の道ともいえる沿岸市町村を貫く国道四十五号線に、私自身も仕事の上で係わり始めた一九七〇年代初頭以降の時期から、吉村ご夫妻との繋がりはないまでも、私の人生ともその後の時期が重なることになる。

昭和四十年、「思案坂」に槇木沢橋が架橋されたが、田野畑村には大きな渓谷が二つある。その時代、盛岡から赴任する役人や教師が、渓谷の厳しさに辞めようかと考える「思案坂」、やっとその渓谷を越えると、さらに大きな渓谷が立ちはだかり、精魂尽きて辞職を決断したという「辞職坂」。そんな日本のチベットと呼ばれた、岩手県の田野畑村を含む沿岸北部山間地が私の故郷でもある。

早野氏は、記憶によると、震災の年にまもなく亡くなられたが、私はその三、四年前に国道開通何十周年かの記念誌発行に携わり、すでに勇退されていた早野氏に記念誌の寄稿文を依頼するために一度だけ、私一人でご自宅を訪ねたことがあった。それ以降になってからだが、吉村・津村ご夫妻の著書を数多く読むことにもなったのである。

そんなチベットといわれた三陸沿岸にも、一九八〇年代からだろうか、自動車専用道路が事業化となったが、三陸縦貫自動車道路のなかなか進まない事業区間の延伸事業に取り組む仕事に、私も少なからず携わっていた。そして未曾有の大震災・大津波となって、その年のうちにあれだけ進まなかった事業化が、一夜のごとくに復興道路として全線事業化されることになったのである。

あれから早や十年の時が過ぎ、二〇二一年内には仙台～八戸区間が自動車専用道路で繋がる運びとなった。昔なら考えられなかったことが実現する。

東京から遠く岩手のチベット三陸海岸の田野畑村を二泊三日の道程で訪れた昭和三十年代後半、田野畑村という無医村に医師を招き、交通事情最悪の渓谷に橋を架け、道を拓いて、村政発展に尽力された早野仙平氏と繋がりを大切にされてこられた吉村ご夫妻、そんなチベットと呼ばれた地にも、命の道として復興道路がまもなく開通する。それは三陸地域の悲願達成だが、人口流出が続く地方の現実は変わらない。

そんな時代の潮流に翻弄されながら、私自身の人生も過ぎていくのである。『潮流列島』として震災・津波の記録を何としても書き残そうと思うに至ったのは、吉村昭氏の歴史記録小説といわれた数多くの著書、綿密な事実取材・聞き取りにもとづく類まれなる力によるところが大きい。

しかし、足下にも及ばない……。あの震災津波の直後、何度も繰り返す大津波の警報の最中に怖さを通り越していたのだろう。瓦礫の山を乗り越えて暗闇の中、我が家の津波流出とかけがえのない妻の無事を確認したいがためにとった行動が、後々トラウマとなり、なかなか正確な記録を最後まで書き上げることができなかった。いわゆる途中で早くこのトラウマから抜け出したいとの想いが邪魔をして、中途半端なまま書き終えてしまった。

持ち家を失ったが、多くの職場の仲間、同僚や先輩、上司の方々、親戚を含め温かい励ましの言葉と見舞金をいただき、名も知らない方々からの義援金までもいただいた。震災以後、吉村昭氏の『三陸海岸大津波』が増版され、津波の脅威が改めて認識され、繰り返されてきた津波被害の歴史を再認識することとなったし、自らの貴重な体験記録を残すこととはなったが、何分書くことは素人の域であり、幾つかの時に触れて書き残してきたものを集約して本にはしたが、重なり合う記録が散在することはご勘弁いただきたい。
被災から励ましをいただいた数多くの方々への御礼を込めてお送りしたいとの想いを汲んでいただければ幸いです。

二〇二一年五月

潮流列島——もくじ

潮流列島

あの大震災の日、自分の力では何ひとつ及びもつかない
瓦礫に塞がれた長い道が続いていた。
そして訪れた数々の困難……
衝撃的だった原発事故や復旧のシナリオ
鉄道復旧のＢＲＴ（鉄道バス高速輸送システム）
復興道路の一夜のごとき事業化決定
これまでにない社会的潮流に翻弄され、
力尽き、呑み込まれるかとさえ感じた
自分自身の信念や想いが交錯し、
『潮流列島』という題名にて震災の記録を書き残すことにしたのでした。

一　復興への序章

二〇一一年三月十一日午後二時四十六分に発生した大震災、そして押し寄せた津波は、想像を絶する被害をもたらし、慎ましい生活も財産も、そしてあまりにも多くの命までも奪い去ってしまった。

生き残って、茫然自失の状態から立ち上がろうとする多くの人々、その人々の総意として、インフラの早期復旧の願いは、その総意を大きく上回る数の世間一般の総意とも同じだろう。

ただ、互いの総意と総意の領域までであって、踏み込んだ問題では、意見の相違も生まれることがしばしばである。

人間のもつ善意と悪意、欲望と否定、その数々を封じ込めることなど出来ようはずもない。多くの人々、その大衆の総意が結集された願いだとしても、その総意を大きく上回る数の世間一般の総意と反するとき、それは民意として、あるいは、民主主義社会では間違いだといわないまでも、敗北となるのであろうか。

沿岸の鉄道の被災は惨憺たるもので、三陸沿岸を縦断する鉄道の歴史から説明するいとまはないが、八戸・久慈と宮古・釜石間、大船渡・気仙沼間のＪＲ線や第三セクターの南リアス線と北リアス線の野田・小本間など、三陸縦貫鉄道はズタズタの状態となったのである。

被災直後の惨状をこの眼で見た者として思うに、復旧は三〜五年、いや十年を要するのではないかと、私の眼には映ったのである。これと時期を同じくして、三陸縦貫自動車道は、かつての鉄道開通が沿線の人々にとっての悲願といわれた時代から見ても、はるかにスピーディーに復興道路の狼煙が上がった。時代の流れとは、このことをいうのかもしれないと思わんばかりである。

しかし、沿線の人々の思いは「鉄道も早く復旧してくれ」との思いが強いことも総意として示されるかたちになったのは、至極当然の成り行きかもしれない。

【岩手県 三陸沿岸市町村地図】

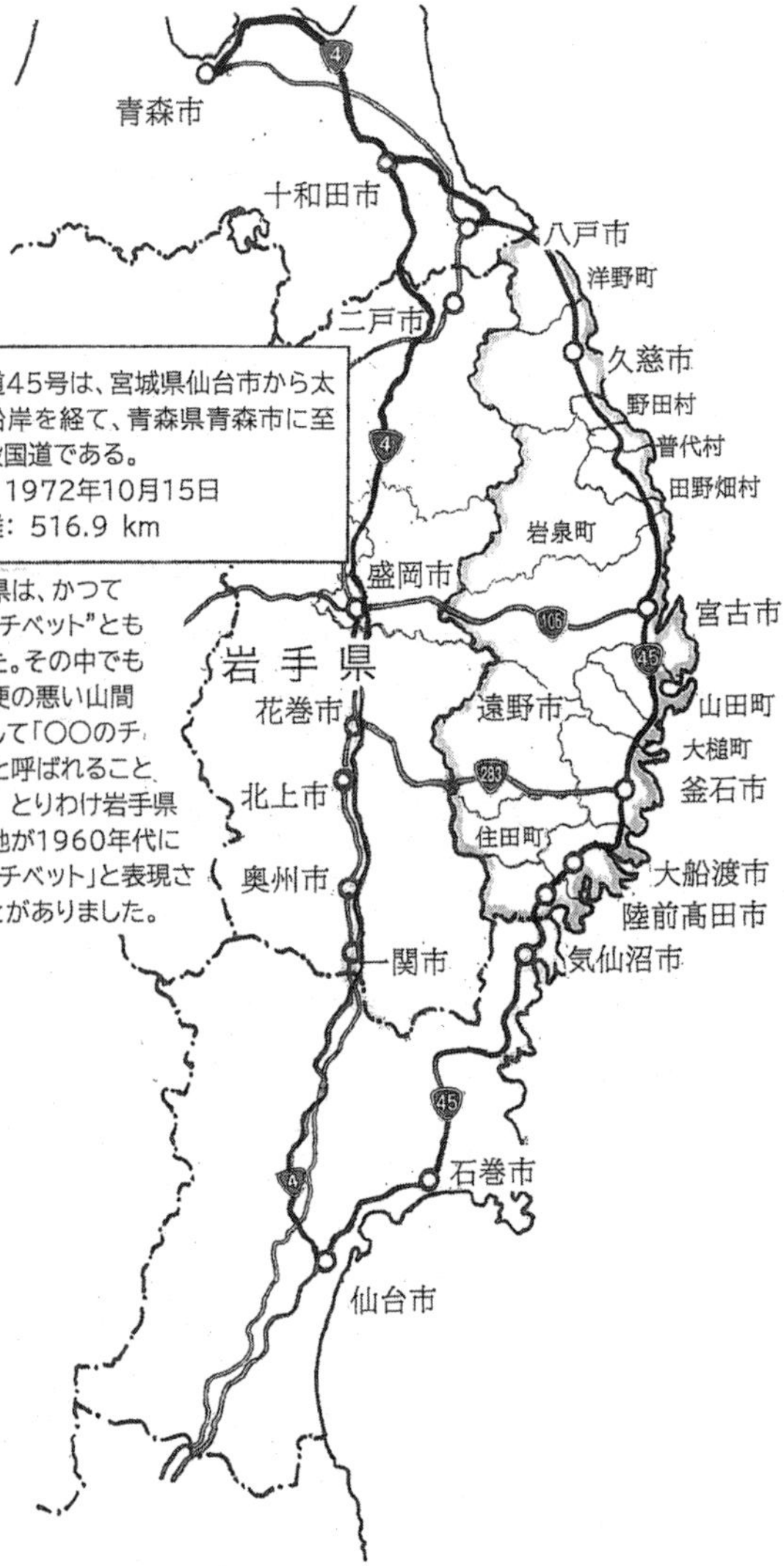

国道45号は、宮城県仙台市から太平洋沿岸を経て、青森県青森市に至る一般国道である。
開通：1972年10月15日
総距離：516.9 km

岩手県は、かつて“日本のチベット”とも称された。その中でも交通の便の悪い山間地を指して「〇〇のチベット」と呼ばれることがあり、とりわけ岩手県の山間地が1960年代に「日本のチベット」と表現されたことがありました。

これに対して、鉄道（ＪＲ）の復旧のシナリオが、バス高速輸送システム（ＢＲＴ）に言及したことに至って、沿線の人々の反対を述べる多くの声が上がった。この状態を冷静に見て、ある人がこう言ったのである。

「バスが理に叶った方策だと思うが、どうしても鉄道でなければいけないという理由が、よくわからない」と。それに対して、私はこう言うのである。

「私自身、地元ですから、鉄道復旧を願う人たちの気持ちはわかりますよ。それは悲願百年の願いが叶って、繋がった鉄道の歴史にその根底があるからですよ」と。

もちろん赤字ローカル線に費やす復旧費用を思えば、地元住民に密着した新しい交通体系への移行は、言うまでもなく転機であること、理に叶う方策であることもまた事実であろうが、受け入れがたき心情は察して余りある。ただ、この情勢分析から、私は思うのである。皮肉な結果であるなぁ、と。

コンクリートから人へ、そして「道路はもう要らない」という世間一般の総意。しかし被災地では、震災を境にして事業化の進まなかった三陸縦貫自動車道路が、一気に復興道路として脚光を浴び、未事業区間の事業化が一夜のごとくに決してしまう。

これに対して、これまでの被災地の足であった鉄道の全線復旧は、逆に危ぶまれる事態に追い込まれてしまうのか。

単に光と影ではなく、私は、人間のもつ欲望や否定という数々の狭間に翻弄される数少ない側の人々、弱者の怨念ともいえるようなものを感じずにはいられないのである。

二　大震災と原発事故

辺境の地にいるのではありませんが、地方に住んでいます。

地方にいると、なにかと歴史の一端を見てよく思うことがあります。たとえば、何世代か前の江戸後期の頃だろうか、一三〇〇年代後半の古い経塚、その石碑と説明文に記された歴史を見ると、江戸後期の当時、中央にいる有名な文人がこの地方を訪れ、「江戸から二千里も離れた奥羽の果てに、こんな立派な中国の流れを汲んだ字が残されているとは知らなかった」と、感嘆の声を上げた経緯などが、よく説明文に記されていたりします。

（※注釈：経塚とは、有難い経文を後世に残すとともに庶民の幸福と国の平和を祈願するため、経文の一字ずつを小石ひとつひとつに書き、それを埋めて築いた塚のこと。）

歴史が勝者の歴史だとすると、多分、地方には敗者の歴史が知られないまま埋もれているのだろうと思うのです。もしかして、中央の歴史を変えたかもしれない正義の敗北がそこにはあったかもしれない。東人《あずまびと》の歴史……天下分け目の戦い、頼朝と藤原氏の戦いとか、そんな大それたことを言いたいのではありません。

三月十一日の東日本大震災は、過去の歴史から見て、平安時代の貞観地震並みであったとの長期的評価もされていますが、このことから貞観地震と同規模の地震が繰り返し起きている可能性の指摘もされていたことが分かってきています。

しかし、あの福島第一原発は、その備えの上で二重三重のあるまじき誤りを犯していたと、私だけでなく多くの人々が思っているでしょう。地盤を三〇メートルも掘り下げて、九メートル並みの津波にも十分であるとした誤り。その結果、一四メートルの津波被害を被ることとなりました。

貞観地震の歴史とその襲来の可能性、そして対応策すら無視した結果でもあります。さらに、主電源が断たれた場合の備えでも、その誤りを厳しく指摘しておかなければなりません。非常電源設備が同じ敷地高さに置かれていたということ、加えていうならば、非常災害時の現地災害本部建物、機能も、日本のほとんどの原発が同じレベルという……原発立地のうえで同じ程度の条件下に置かれているという事実です。

地震国日本の現実、自然災害への備えの甘さというか、あまりにもずさんであり、原発関連という極めて特殊で危険な分野に携わる人間として、思い上がりでしかないという怒りを感じずにはいられません。

まもなく大震災から一年という二〇一二年二月下旬には、また、新たな事実が新聞によって報道されました。それは、貞観地震の巨大津波警告の報告書を文科省側において説明した際、東京電力など原発を持つ三社側が、「貞観地震が繰り返していると誤解されないようにしてほしい」と要求し、文科省側が誤解を招かないよう「繰り返し発生しているかは、適切なデータが十分でないため、さらなる調査分析が必要」などと修正していた。それが、三月十一日大震災の八日前の三月三日だった。というような報道です。

再び同じような怒りに言及しますが、世界一の地震、津波多発国で、極めて危険な原発に携わる自覚と責任の欠如、まったくもってけしからんことだというほかはありません。

この堕落、これが中央の人間が行っていることではありませんか。都会のエネルギーのために地方が犠牲になる構図。そのためには、過去の歴史、データをもないがしろにしてしまう多数派の論理、イコール中央の人々のエゴとしか私には映りません。

三　震災の発生

あれから間もなく一年が訪れようとしていますが、いまだにあの震災の記憶から抜け出せないというか、明日を見据えて生きることに徹し切れない自分がいます。なかなかあの時のことを冷静に語れない、書けない自分がいます。

三月十一日、ＰＭ二時四十六分、あの時刻、私は職場庁舎の三階の自分の机で仕事をしていたと思います。大揺れが何度も襲ってきて、大津波警報を告げた時、まもなく電話がかかりにくくなると感じた私は、すぐ携帯電話を手にして、妻の携帯にかけましたが、かからなかったので、即座に自宅の固定電話にかけ直しました。呼び出しているので、ややホッとして、早く出てくれと願っていると、妻が電話に出て、すでに避難準備中で、まもなく高台にとなりのご夫婦と避難するところであることを知ったのでした。そして妻が、テレビの電源が地震の揺れで切れてしまい、情報が何もわからない、と言っていたと思います。私からは、今、大津波で三メートルの警報がでていること、すぐに避難しなければということだけを伝えたと記憶しています。

その直後、職場の三階の窓から宮古湾の引き潮が見え、対岸の露出と漁船が引き潮に流されていく状況が見え、大津波が確実にやって来ると確信したことを覚えています。道路の監視カメラ（ＣＣＴＶ）の映像を注視していた私は、二、三ヵ所のカメラ画像を確認し、最後に、職場の南に位置する山田町大沢の我が家の直近の監視カメラ映像を何気なく眺めていて、津波によって家々が流されて来る現場のライブ映像を捉え、一瞬、自分の家が流されているのではないかという画像に度肝を抜かれてしまいました。

その瞬間、カメラに迫った流出家屋の映像がプッツンと切れてしまい、情報ケーブルが切断されたことを知ったのでした。その時刻は、ほとんど記憶も薄れましたが、たしか午後三時二十分前後だったかと思います。

そうこうしているうちに、職場庁舎の直ぐ下を走る国道四十五号にも津波が襲来したのを窓から目の当たりにし、私は、取り急ぎ下の状況を確認するため、歩いて国道へ降りて行ったのですが、職場の入り口の国道からわずか二〇〇メートルほどのところで、山側の庁舎側

宮古市街地へ流れ込む津波（市役所前）

へ駆け上がった海水に濡れたモルタル吹付法面と、海側の国道法面が流出し、ガレキと流された家屋で、国道が埋め尽くされている状況に唖然としてしまいました。

庁舎のある高台の坂を下った国道四十五号は、砂浜の見える海水浴場脇へと下り坂で南下するルートとなっていますが、その坂を下った先にあったガソリンスタンドや海浜側のレストランなどの建物の壁を津波が打ち破り、ガレキの山に埋もれている様は、想像を絶する光景でした。私が被災状況をおおむね確認して、職場へ戻ろうとした時に、ガソリンスタンドの店員二人が必死に駆け上がってきて、「一人が津波にさらわれた。誰か救急車を呼んでくれ……」だったか、「消防に連絡してくれ」だったか忘れてしまいましたが、大声で叫びながら、国道脇で私の職場庁舎の一段下にある自動車販売店へ駈け込んでいきます。

まさに被災直後の現状を目の当たりにし、職場へ戻ろうと坂の頂点となっている国道の入り口付近から。少し走っていって北側の国道を見ると、そこにも流出家屋が国道敷を埋め尽くしている有様となっていたのです。

この津波被災は、ある程度、私たちの職場では想定されていましたし、岩手県内の沿岸を縦断する国道四十五号、二四〇キロメートルあまりの延長の中で、延べ三六キロメートルあまり、箇所数でも三十六ヵ所ほどが、津波浸水想定区域とされ、浸水想定の始まりと終わり付近には、津波浸水想定区域始まりと終点を示した大型標識や、浸水区域内を監視するカメラの設置、区域内から素早く逃げることを知らせるために、津波浸水区域の小型路側標識、電光掲示式情報板などの手立てを講じてきました。

この事業が平成二十年三月ほぼ完了して、ハザードマップ等によるドライバーや地域住民への広報など、ソフト面での対応を講じてきた最中の津波被災となったのです。じつは、この浸水想定区域を示す標識類や監視カメラ、情報板などのハード面の整備を急いだのは、宮城県沖地震の発生確率が極めて高いという切迫感からでもありました。

ただ、私の頭の中では、近海での大地震では、おそらく事前に道路を通行止めにする等の時間的余裕がないこと、早ければ二十分から三十分で津波がやって来るという確かな想定ともいえる考えがありました。

三陸大津波の文献などから読み解き、現地を歩くと、沿岸の浸水経験地では、国道のこのような浸水想定区域を示す標識設置の相当前から、津波到達の石碑のほかに避難経路を案内する丸型の標識、最近では太陽光による内照灯式の避難路標識類が各沿岸沿いの道路にはありました。そのため、ハード面を取り急ぎ整備した後、私の頭の中では、ソフト面での対策を進めることの重要性がひしひしと感じられ、切迫した思いが支配的であったことを思い起こしています。

それゆえに、各地の避難看板、標識を調べて歩き、どのようにしたら道路利用者に適切、迅速な避難を促すことができるか、といった難しい課題が最大の難問であったし、そのことを後任者にも説いたと記憶しています。

何ヵ所かの現地避難標識と経路を確認して歩いた時、たしか陸前高田市の避難経路などを調べて感じたことは、避難先まで行き着かない……市街地のどこをどう抜ければ、避難先、高台に辿り着けるのかといった不安を感じた覚えがあります。

この二十分から三十分で津波が到達するという認識に対して、前年の二月二十八日だったと記憶していますが、チリ中部沿岸地震に伴う大津波警報の際には、確かある程度の想定と時間的判断にも余裕がありました。そのことがかえって、あの時はあだとなったのではないかと思っています。結果として、各浸水想定区域内の全面通行止めを、記録によると、八時間半にわたり行ったと思いますが、多くの苦情が殺到し、迂回路の総点検や予告看板設置のあり方等々、この遠方地震への対応としては、難しい様々な課題が噴出する結果となったと記憶しています。

私自身は、このチリ地震の時は、車で妻と高台に避難し、災害対策支部に参集できなかったのですが、延べ八時間ほど避難していたでしょうか、昼近くになって防災無線放送を高台の車の中で聞いていて、最寄りの浸水想定区域の国道四十五号が、十二時半からでしたか、通行止めとなるとの放送を聞いて、即座に「なぜ?」と、不審に思ったことがありました。

私の感覚では、それまでの経過として、山田湾の潮位が最大一メートル六〇センチほどまでになりましたが、急激な潮位上昇というのではなく、時間を追って潮位が徐々に上がっていくという状況であり、この状況判断を活用すれば、通行止めの長時間継続という現場判断は、いらぬ混乱を増幅させることになると、やや批判的に見ていたと思います。

今回の近海沖地震は、地震の揺れからほぼ三十分で津波が到達するという大惨事となり、事前に講じた浸水想定区域の標識などが、果たしてどれほどの認知度であったのかは、この事業のとっかかりから担当した私としては、気になるところでもありました。

現地の道路情報板は、大津波警報を表示したとは思いますが、果たしてどれだけのドライバーが危険を予知できたのでしょうか。ここは浸水区域、速やかに高台へ避難というような電光表示や音声での警告が必要だったとの思いも微かに頭をかすめたのでした。

いずれ、この惨状から想像するに、行方不明者や死者が相当数に及ぶだろうことが、頭の中を駆け巡っていたことを思い出します。すぐさま職場に取って返し、各地の現状を把握しようとしましたが、職場の対策支部でも、局の本部にあってもほとんど掴めない状態となっていたのです。私の職場は高台で、津波被害は想定上も現実にもなかったのですが、南側も北側もガレキに埋まって、孤立してしまったに等しい状況に置かれることになったのでした。

連絡手段も限られ、しばらくは現場管理の最前線にある出張所との情報収集、連絡が交錯することと、テレビの情報に集中する硬直した時間が流れたことを思い出しています。

もちろんすでに妻への携帯電話も通じることがなく、長い長い苦闘が始まることになったのです。

　この状況に至って、国道四十五号を管理する私の職場は、後に語られることになる「くしの歯作戦（※）」の最前線で、被災道路のガレキ処理、生活支援物資の輸送路確保のため、沿岸市町村を縦につなぐ国道四十五号の啓開作業に奮闘する、それはまさに寝ずの闘いが始まったのでした。ガレキ処理の建設機械の手配のため、事務所発注工事の受注者や地元建設業者への作業依頼から、燃料供給ルートの確保や獲得交渉、被災地の素早い現状把握のための点検巡回班の編成、出動車両の燃料確保等々、ありとあらゆる手段を講じた闘いは、その日のうちに開始されたのでした。

　三月十二日の零時過ぎになって、私は避難しているだろう妻を捜しにいくことを決意しました。

　しかし、自宅へ向かうためには、ガレキの山が障害となり、国道四十五号を南下することはできません。ただ、この時間になって盛岡方面への通行が可能になったとの情報から、一旦、盛岡方面へ向かい、取って返して山越えする県道を使えば、自宅へは必ず辿り着けるはずと分かっていましたので、すぐ行動に移すことにしました。私自身、県内沿線の道路網は、仕事上からもある程度把握しており、その道も何度も通っている道だったのです。

その時は、自宅は多分流されてなくなっているものと、すでに覚悟はしていましたので、事前に避難先として、職場の寮の空き部屋を、総務課に申し出て確保していました。津波被害から九時間あまり、周りの数人に職場離脱を告げて、暗闇の中を出発した私は、難なく自宅目前の山田町大沢集落の外れに到着することができました。

しかし、予想だにしなかった事態に私はこの夜、茫然自失、人生の悲哀をなめることになったのでした。

（※）「くしの歯作戦」とは

くしの歯作戦は、国土交通省東北地方整備局が東日本大震災に伴う大津波が沿岸部を襲い、甚大な被害が発生したことから、県や自衛隊と協力して緊急輸送道路を東北道、国道四号の縦軸ライン確保から三陸地域へのアクセス道の横軸へ「くしの歯型」として啓開（障害を取り除き道を切り開く）することを決め、名づけたものである。

四　茫然自失

自宅の手前約二〇〇メートルあまり、ガレキの流れ着いたギリギリまで慎重に近づくと、左側に二、三台の乗用車が止まっていました。津波を被って走行できなくなった様子ですが、乗車していた人は、無事逃げ切れたのでしょうか。右側のパチンコ店の駐車場は浸水しておらず、そこに車を駐車して歩き出そうとして、わずかに振り返ると、津波浸水想定区域の始まりと終わり（裏表）の大型標識が眼に止まったのです。ほぼ同じ位置まで、津波浸水被害となったことに、なんとなく納得する自分。

三年前から二年前、それは自分がこの職場で、道路管理分野を担当し、岩手県内沿線の国道四十五号津波浸水想定区域を、県の公表ハザードマップより割り出し、このような災害を想定して、道路利用者に認知していただくために設置した標識だったのです。

私の自宅は、この標識の位置から海寄りに二〇〇メートルあまり中になり、明治二十九年と昭和八年の三陸大津波では、正確ではありませんが、一メートル内外の水深となった浸水区域に建っていたのです。それは自分でも自覚し、分かっていて求めた終の棲家でしたが、津波によっては浸水もあることは頭の中で想定もし、分かっていたものの、自分の一生の中で、まさかこれだけの津波に遭遇しようとは……、そんな思いと、終の棲家はやはり流されてしまったのか……。妻は一旦避難したとはいえ、戻って津波に流されてしまったりしていないだろうか、そんな気持ちの焦りを感じながら、闇夜のなか、懐中電灯ひとつでガレキの上を歩いて、避難しているだろう高台の小学校へ向かったのでした。

車から降りて、山際のガレキの端を歩きましたが、暗闇で足元は懐中電灯の光の範囲しか見えません。ガレキに何度もつまずき、手をつくことがしばしばでしたが、こんな暗がりの中でも、感覚的に地形とか畑の畦《うね》のある場所などが、大体は頭の中に入っていたことが幸いし、津波の押し寄せた位置関係もおおむね確認できたと記憶しています。まもなく、津波が到達しなかった小学校へ通じる道に行き当たり、二十分ほどで小学校へ辿り着きました。

学校の入り口前では、ドラム缶にたき火を焚き、集まっている十数人の人影が見え、校庭には、避難してきた三十台あまりの乗用車も駐車しているのが確認できました。たき火の側に近寄って、妻の所在を訪ねようとしましたが、まったく見知らぬ人たち、数人の顔を覗き込みながら、何と話しかけて良いのやら、戸惑ってしまいました。皆、茫然としていて、たき火の炎を眺めて沈み込んでいるだけ……。とても見知らぬ妻の行方を尋ねられる状態ではないことを察知し、校舎の中へ入って行ったのです。

玄関で靴を脱ぎ、最初の部屋の戸を開けて一歩中へ入ると、人、人、人の数に圧倒されるような状態でした。部屋は暗く、数歩しか中に入れません。それでも必死に人にぶつからないように入り口から数歩ほど入って、大声で叫びました。

「〇〇〇子は、いませんかぁ！」

三部屋ばかり捜し回っても、妻の返事は返ってこないばかりか、誰も反応するわけもなく、皆疲れ切って眠っているか、眼を開けて大声で叫ぶ私に、無言で迷惑そうな顔を向ける人たち……。

一度玄関に戻って、靴箱を片っ端から懐中電灯の光で照らしながら、妻のものであろう靴を探しました。今思うと、無我夢中でしたけれど、その時は「そんな馬鹿な！　いないはずがない！」と焦るばかり。一足だけ、多分これではないか、と思えるスニーカーがありましたが、気持ちに焦りがあることが、自分でもわかるほど焦っていたのでしょう。冷静に確かめる力はなかったのでした。今ほどの冷静さがあの時あれば、妻のスニーカーであるという確信を持てたような気にもなりますが、津波被災間もない夜の一時過ぎのことでもあり、暗闇と無言の憔悴しきった人たちの前に、なすすべも失ってしまっている自分がそこにいました。後で分かったことですが、やはりそのスニーカーは妻のものだったのです……。

「これは現実か、いや現実ではない！」

そんな葛藤の中、もう一ヵ所の避難所へ歩いて向かいました。小学校から歩いてわずか五分ほどのそこは、集落の集会所となっており、そこでも同じように部屋の入り口で、大声で妻の名前を叫びましたが、なんの反応もなく、外でたき火をしている消防団の人に尋ねても、「この状態だものね、誰の安否も正確にはわからないよ」と、そんな言葉が返ってくるばかりでした。

茫然自失……、あの時の喪失感、自分の人生もこれまでか、どうしたらいいのだと、一瞬何も考えられなくなり、茫然と目は山田町の市街地に燃え上がっている火事の炎を見つめているばかりでした。その炎は、最初はおよそ七ヵ所ほどに見えていたように覚えています。その炎同士がつながって大きな炎となり、市街地が燃えていました。その様を二キロあまり離れた避難所となった高台の片隅で、ただ眺めている自分がいました。

しばらくして我に返り、明るくなる朝までここで待とうか、一旦帰ろうかと、次に思い悩みました。今思うと、一旦でも帰る決断は、本当に勇気のいることでした。

私が帰らなければ、職場の中で皆が心配するだろうし、連絡もまったく取れない状態では帰るしかない。いや、三、四時間もすれば、明るくなる。このまま朝まで留まるべきだろうと考えあぐねた末に、やはり一旦帰る決断が出来たのは、地震直後の妻の言葉でした。

「これから避難する」と、言っていたこと……。

ここに自宅を持ってから六、七年になりますが、妻は、地域の避難訓練でも、何度か小学校に避難する訓練にも参加してきましたし、普段から非常時は、何と何を持って逃げるかなど、常に口にしていたことが、妻は避難所に必ずいる、という確信にも似た思いにさせてくれたのだと、今でも思います。

車に戻るにあたって、自宅のあった場所に近づいてみようと思い、ガレキの屋根をつたって近づきましたが、一五《メートル》ほど手前で進めなくなってしまいました。海水の水たまりがあって、ガレキも不安定な残材が絡み合い、とても危険な状態であり、津波警報がまだ解除になっていない不気味な静けさの中で、波音が微かに聞こえてくる……、その恐怖感が私を初めて襲い、恐怖の意識すら通り越していた自分が我に返った瞬間でした。そしてしばらくの間、身震いするほどの恐怖に動けなくなってしまいました。

じっと眼を凝らして、一五《メートル》ほど先の暗闇を見つめましたが、自宅の建物があるのか、ないのか確かめることが出来ないまま、一旦、職場に復帰することにしたのです。

五　無事の再会

翌朝の四時半頃でしょうか、職場に復帰して支部に詰めていた私は、まもなく周囲が明るくなるころ、もう一度職場を離れ、妻が避難しているはずの小学校へ向かったのです。今度は、冷静さを取り戻し、妻は必ずいるとの確信のもとに、最初は自宅のあった場所へ向かいました。ガレキをよじ登り、見通しのきく場所まで行って、我が家がないことを確認したのでした。自宅の敷地には、つぶれた他の家屋の屋根が流れ着き、我が家は跡形もなく消え去っていたのです。

ガレキの上を歩いて、朝一番に誰もいないと思っていた中で、生き残りの行方不明者と捜索隊に間違われたのは、その時でした。自分は、宮古市の職場から自宅の妻を捜しにやって来たことを告げて、避難所を目指したのです。思えば、昨夜はまだ津波警報の中で、暗闇と不気味な静けさ、建物が消えたガレキの山を踏み越えてよく歩けたと思えるほど、あたりはガレキが積み重なり、遠くに打ち寄せる波の音が聞こえていました。被災後、初めての朝は、まるで空襲の焼け野原に立った思いがしたことを、今でもはっきりと覚えています。

昨夜訪れた避難所となっている小学校に着いたのは、しばらくたっていて、午前六時過ぎだったと思います。最初に入った部屋のドアを開けてビックリ、そこは教室ではなく、学校建物の別棟で、「コミュニティー教室」のようなものでした。昨夜は暗闇で見えなかった部屋は、意外と広く奥があり、柱と壁に区切られたスペースで、これでは声も届かなかったはずです。

入り口で、何度か妻の名前を呼んだ時、一人の中年の女性が近くから立ち上がり、「どなたをお探しですか」と言っていただき、私は「五十四歳くらいの○○○子を捜しています。私の妻です」と告げると、その人が奥へ入って行き、しばらくして、妻が半信半疑の表情と安堵した顔で、奥から出てくるではありませんか。

妻は、呼んでくれた女性から、入り口に人を探しに来ている男性がいて、五十四歳くらいの女性と聞き、最初は自分とは思わなかったそうで、名前は私でも、年齢がちょっと違うと半信半疑だったと言いました。

その時は、あぁ、やはり妻は無事に避難してくれていたのだと思うと愛おしさがこみ上げて、自然に抱擁したと思います。後で妻によくこの場面を話題にされました。

「あなたは、自分の妻の年も忘れたの。二つも年をサバよんで、まぁ二つも若く間違えたのは何んだけど……」と。冷静だったつもりですが、その時の自分を思い起こして苦笑いするばかりです。

妻は、ストマー(人工肛門器具)を付けていて、避難の際、隣のご主人にその取り替えるためのストマーだけ預けて、乗用車に一旦積み込んだものの、先に避難した奥さんに車では来ないでと言われたこともあり、取り急ぎ後を追うため、二人で歩いて避難所へ向かったということでした。いずれ戻って、落ち着いてから取りにいこうと、その時は考えたそうですが、まさか大津波によって車ごと流され、思ってもみない替えのストマーがない状態となってしまったのでした。

隣の老夫婦お二人と、避難時に持ち出したショルダーバッグひとつで、肩を寄せ合い一夜を過ごした妻、避難所のフロアーは、大勢の避難者の方々で足の踏み場もない状態で、昨夜は、小さなミカン大のおにぎりを一個貰ったと言っていました。飲み水は何とかなったものの、トイレが大変だったというのが、最初の会話だったと記憶しています。そのご夫婦には、一旦、確保した避難所へ妻を連れていくが、必ずその後の消息を連絡するし、訪ねて来ることを伝えて、この避難所を後にしたのでした。

その足で、妻の先を歩いてガレキを越え、車に辿り着くまでのわずかな時間、妻に我が家のことを尋ねられ、完全に流されていて何もないことを告げると、どうしてもその跡を見たいと言いましたが、高台を下りている最中で、眼前の惨状はいやがおうでも視野に入ってきて、妻も納得した様子でした。改めて二人で眺めた光景は、生涯決して忘れることの出来ないものとなりました。

妻が言うには、何が何だか分からず、校庭の奥の腰掛に休んでいて、避難後の時間経過と津波が来るまでが、結構時間があったこと、土煙とパキバキと音をたてて建物が押し流されて、建材が折れる音を初めて見聞きし、それが何の音なのか……、しばらくは津波だということが理解できなかった、ということでした。校庭の先端にいて見ていた人たち、泣きながら走ってくる小学生を見て、初めて津波が家々を押し流したのだと解ったということでした。

無事、妻との再会を果たせて、職場まで帰り、空き部屋の鍵を貰って寮の一室で、妻と二人の避難所生活が始まりました。着の身着のままの二人ですから、それからの数ヵ月あまりは、言い尽くせないほど色々のことが、今でもよく二人の話題になりますが、本当に何もない状態でした。たまたま通勤に使っていた車は、職場にあったおかげで流されずに済み、その車の中にあった携帯ラジオが随分と役に立ったことを覚えています。

寒さの中で、職場から一枚だけ貰って帰った非常用の毛布だけでしたので、すぐに寮と世帯宿舎の下で被災を免れたホームセンターに行って、長座布団二枚と毛布を買いました。ホームセンターは、生活用品を買い求める人が押し寄せ、停電の影響でレジが使えず、買い物客に付箋紙が渡されて、値段を客が書き込んで、商品に値札として使用し、レジ係が電卓で集計するという状態でした。その当時、職場に出ている私に代わって買い物に行った妻が買ったロウソク等が、いまでもたくさん残っています。

津波襲来の翌日、早朝に妻と無事再会を果たした十二日の土曜日は、朝から一日職場を離脱しましたが、今思うと、無我夢中で何をしていたかほとんど思い出せません。ただ職場の炊き出しおにぎりや乾パン、缶詰などでしばらく食事をしていたと思います。幸い、避難した時は、電気がつかないまでもトイレの水洗と水道の水が出たと記憶していますが、しばらくして、トイレの水も水道水も駄目になり、復旧までには十日あまりかかったでしょうか。正確な記憶ではありませんが、職場で被災しなかった総務課長の自宅の水道水の配給を受けて、食事やトイレの水にしばらく頼っていたことを思い出します。

なによりも急がれたのは、妻のストマー（人工肛門器具）でしたが、病院にも駆け込み、一週間後くらいには町役場にも行って、障害者用に役場で予備的に確保していてくれた物を貰うことができ一安心。数週間はこうした状態で過ごしたのでした。

また、二度ほど自宅を往復し、車の燃料が底をついたことも、この被災では大きな出来事でした。もともと金曜日の津波被災で、翌日に燃料を入れようとしていた矢先のことでもあり、タンクに半分しか残っていなかったことが災いし、五、六度スタンドに並び、最初の二、三度は、スタンド開店の四時間も前から並び、五、六百台も一日スタンドに並ぶなかで、たしか八十台目あたりで、入れて貰えるのは一〇㍑までという状態で、被災した自宅跡に行くことすら出来ない状態が、しばらく続きました。さらには、職場の木村さん、深渡さん、北村さん、宇部さんからは、わずか三日目あたりから着替えの普段着や布団等の提供もしていただき、それらのご厚意は忘れられません。

盛岡の妹が心配して、寝具類を盛岡から宮古に単身赴任の旦那に運ばせて届けてくれたこともありました。その後四月三日になって、独身寮での仮住いから、世帯用の宿舎に引っ越しが出来ましたが、それまでの三週間あまりの出来事は、日々の生活スタイルがサバイバルでした。

六　国道の被災直後

翌三月十三日の日曜日は、現場状況確認の点検巡回に行くことになり、四十五号を官用車を自分で運転し、助手と二人で南下することになりました。もちろん職場から出て四十五号をすぐ南下することは、まだガレキ撤去が進まないために出来ませんので、妻を迎えに行った山越えの県道、宮古市花輪から山田町豊間根に出て、昨日の状態から自宅付近の山田町大沢も通過できないほどのガレキや流出家屋に埋まっていることを把握していましたので、四十五号を避けて、田名部《たなぶ》から町道下田名部線を抜けて山田町の関口から柳沢交差点の山田ＩＣまで戻り、自動車専用道路の山田道路を使って南下して行きました。

山田道路から眺める山田市街地は、小さくてその被災状況は見て取れない状況でもありましたが、国道四十五号の織笠大橋の南約三、四〇〇メートルのところのＪＲ山田線交差付近から、自宅のあった山田町大沢までの約六キロメートル区間は、津波被災の浸水区間となっていることが、すでに自分の頭の中にあったとおり、通行不能状態でした。

織笠高架橋の非常駐車帯で停車し、国道側の織笠大橋上を眺めると、橋の上は車が市街地に向かって渡っていることが確認でき、橋を渡り終わってすぐ車がストップし、はっきりとは見えませんが、徐行しながら織笠の家並み、市街地側に走行しているのが微かに見えました。それ以上に、ここから山側を望むと、高架橋の下より一キロほどでしょうか、織笠川を遡上した津波は、堤防を越えてすべての住宅を呑み込み、一帯は廃墟と化していたのです。

驚きの光景でした。河口に建設途上の織笠水門の門柱部分のみが無情にも生き残り、山田町織笠の住宅地のほとんどすべてをなぎ倒した津波の脅威に、背筋が寒くなる思いがしたことは、私の生涯でもこれ以上ない出来事であることは疑う余地もないことです。

山田町を通過して先へ進むことが私の使命であり、災害支部では大筋の被災ヵ所を掴んではいるものの、その被災位置や被災状況と応急復旧へのシナリオがほしい情報であり、先を急ぐことにしました。

その先に進むと、大槌町浪板海岸で最初の四十五号通行不能ヵ所に行き着きました。その被害の状況を車から連絡し、車を止め助手に写真撮影を指示して、私は被災している浪板橋へと降りて行ったのです。

この浪板海岸は、打ち寄せる波があって、返す波のほとんどない三陸海岸でもそれなりに有名なところで、冬場でも波乗りのサーファーがよく訪れる観光名所ですが、波打ち際の防波堤背後の浪板観光ホテルは、階下から地上三階付近まで窓ガラスが割れ、津波被災に遇っていたのです。

その海岸に注ぐ浪板川を渡る浪板橋は、国道本線橋は残っているものの、海側と山側の両側に架橋されていた歩道橋は、跡形もなく津波によって破壊され、橋の前後の道路も波によって両側の法面が流されてしまっていて、道路の真ん中だけ馬の背状態に残っている有様だったのです。

その浪板川の山側、上流に架橋されているＪＲ山田線の浪板鉄橋は、国道より約一〇〇《メートル》離れ、高さもやや高い位置にあるにもかかわらず、津波によって砕き飛ばされていました。

浪板橋本橋は、防護高欄は折れ曲がってはいるものの、前後の道路を仮復旧すれば渡れそうに思われましたので、橋の下へ降りて、下側から橋桁を覗き込んで、多分大丈夫との仮判断と、後で橋梁専門家と健全度調査をすることにし、それまでに速やかな道路の仮復旧の必要性を伝え、四十五号線上は通行できないが、鉄道と国道の間の旧道は、橋も潜り橋状態にて生き残っており、迂回走行が可能、との連絡をして先へ進むことにしました。

その先わずか数百メートル、大槌町吉里吉里《きりきり》の最も浜に近い国道敷地には、流失家屋が五、六メートルの高さ、約六、七〇メートルもの長さで積み上がり、通行不能状態でした。やむなく状況報告のうえ、人家の立ち並ぶ山側の町道を走り抜け、吉里吉里トンネルをくぐって、大槌町の市街地へと向かったのです。

大槌バイパス入口から旧道側を見やると、大槌町赤浜の漁港側から避難してきた人たちが、旧国道側の道路に上がってくる姿が見えました。

大槌バイパスの中間部は、津波が国道を越えて山側へと抜け、国道脇の民家は二階建てアパートの壁を破っており、惨憺たる光景が眼に入ってきたのです。上り走行車線より左側の海方向の市街地を見ると、いくつかのビルの残骸が残るだけで、建物が津波により一掃された光景からは、こんなに海が近かったのかと思わされてしまったほどで、間近に大槌病院の建物が残っているだけの惨状に、ただ茫然とするしかありません。

大槌町役場の後方にあった妻の姉夫婦の自宅も、跡形もない有様でした。その時までには二人の無事も確認されていましたが、大槌でも火事が発生し、危うく難を逃れたことを後で聞きました。

まだこの日は、大槌病院の避難移動中で、辛うじて津波を逃れ階上に避難した患者さんと病院スタッフの人たちが、ストレッチャーや患者さんの手を引いて、国道バイパスを横断して避難所へ移動する最中でした。

大槌バイパスの釜石側に来て、またビックリ。妻と日頃からよく買い物に訪れるショッピングセンターの駐車場には、いったいどこから流されて来たのかと思われる流出家屋がモデルハウスを並べたごとく、駐車場スペースを埋め尽くしているではありませんか。その先、古廟《こびょう》坂《さか》トンネルを抜けると、釜石市鵜住居《うのすまい》地区となります。トンネルを出て下っていくと、最初に眼に入ったのは、左側の土堤上に敷設されたJR線のレールが流出、国道上は厚く流出土砂に埋まっている状態でした。まさに啓開作業の建設機械が行き交う中をくぐり抜け先に進みました。

この啓開作業は、津波被災から間もない翌々日ですから、今思うと、地元建設会社の率先したガレキ撤去作業だったと思います。片岸から鵜住居地区が完全に津波に呑み込まれて、流出したガレキに道を塞がれてしまった状況から、後に「釜石の奇跡」として知られることになるこの地域の名もない人たち……その奮闘ぶりがうかがわれます。

この鵜住居の片岸地区から釜石側に約五キロメートルにわたって、つい五日前の三月六日には、釜石山田道路の先行整備区間として、自動車専用道路を開通させたばかりとなっており、この先行整備区間の自専道に入って進みました。

この一帯もその惨状は惨憺たるもので、海面とほとんど同じ高さにあるこの一帯は、雇用促進アパートの三階の上、四階の下まで津波が達した痕跡が見て取れました。この時点では、鵜住居防災センターの悲劇的出来事（※）は、知る由もなかったのですが、この自専道に入って驚いたこと、それは、自専道なのに車が路側に何台も縦列駐車し、避難した人々、大勢の人たちが道路を歩いていたり、路側に疲れて座り込んだりしている光景でした。最後の避難所が自専道の道路の上、しかもわずか五日前に開通させたばかりというところだったのです。

宮城県の東部道路も津波の避難先になったことが、後に報道されましたが、何日か後で、釜石山田道路の地権者交渉から工事関係調整では、大変お世話になった釜石市役所の洞口《ほらぐち》課長さん（現釜石市役所建設部長）からも、この釜山道路（釜石山田道路のこと）のわずか五日前の開通が、二千人を超える人の命を救ってくれたと、感謝の言葉をいただいたことは忘れることができません。

そして、この道路の先は釜石市街地なのですが、釜山道路を下りてから現道四十五号を戻って、自動車専用道路区間と並行する現国道の被災状況確認のために、両石町から鵜住居側に車を走らせていて、これまたビックリという状況に遭遇しました。

恋の峠を釜石側に下ったところに両石漁港があります。私はこの時、逆に釜石側から両石漁港、恋の峠側に向かって北上したのですが、両石漁港のカーブ区間にあった四、五メートルの重力式コンクリートの防波堤が、いとも簡単に津波によって倒され、国道四十五号の道路は決壊し、国道沿線の住居はほとんど全壊しており、わずかに斜面上に張り付いた家屋が数軒残っているだけの悲惨な状況でした。この決壊ヵ所が岩手県内の津波被災では、あの街並みが消えて最大の被害となった陸前高田市の気仙川を渡る気仙大橋に次いで、一番最後に二車線復旧となった……仮りながら四十五号復旧にこぎ着ける箇所となったところです。

この日は、釜石市街地の釜石高架橋の先、矢ノ浦橋から事務所に連絡を取り、一旦戻ることにしましたが、矢ノ浦橋上でも釜石市街地の惨状は驚きの光景でした。

私は、この三陸の北の外れ久慈市の出身ですが、生まれ育ったところは山間の地で、時々山の頂上まで登って、海を遠くに見て育ち、海浜での潮干狩り遠足で、初めて海を見た子ども時代でした。だからこそ海の見えるところに家が持てたことは、妻の望みでもあり、私自身も満足していたのです。そして、この三陸沿岸をこよなく愛していますし、かつて鉄の街といわれた釜石、気候の穏やかな大船渡市三陸町吉浜あたりまでが、終の棲家としての候補地でした。悲惨な津波被害は、故郷の津波の歴史を改めて考える大きな節目であったことは間違いのないところでしょう。

帰り道では、ちょうど浪板海岸の手前に差しかかった時、パーキング前で三人の女性が前を走っていた乗用車を止めて、便乗できないかと交渉していて、満車だったのか乗用車が走り去ったのを見て、車を路側に止めて尋ねると、大槌町から歩いて帰るところだと言います。よく見ると厨房などで働くようなユニホームを三人共着けていました。津波被災後、初めて自宅に帰るが、車を流されて足がなく、介護施設の仕事を終えて帰るとのことで、この先二〇《キロメートル》近くも先だというではありませんか。後部座席を空けて乗せていくことを快く了承しました。たしか最初の人は山田町織笠の自専道上の仮設出入口（山田生コン敷地隣接地）にて降ろし、二人目は被災した県立山田病院の背後の避難所となっている山田北小学校まで送り届け、最後の人は、たまたま私の自宅そばの大沢まで無事送り届けました。

つぶさに見た沿線の被災は、想像を絶するものであったこと、私の生涯でも深く心に残った痛手であり、後生（後を生きる）を生きる人たちに伝えずにはいられない心情にさいなまれる結果となってしまいました。

（※）「鵜住居防災センターの悲劇」とは

「鵜住居防災センターの悲劇」と「釜石の奇跡」とは、同じ地域で同時に発生した悲劇と奇跡である。鵜住居防災センターは、大震災のほぼ一年前に開所した拠点避難所であった。大震災の津波で、多数の市民がこの防災センターに避難した。津波襲来直後、建物から三十四人の生存者が救出されたものの、六十九人の遺体が収容された。

これと重なる時刻、このとき、この防災センターより海岸線に近い場所に位置する鵜住居小学校と釜石東中学校の児童・生徒約六百人は高台に避難して津波の難を逃れ、率先避難を柱とする津波防災教育の成果として高く評価されたのである。

悲劇となった防災センターでは、生存者や遺族から「避難者は二百人以上いた」などの声が上がり、百人前後とする見解との食い違いや防災センターの位置付けも問題視され、検討委員会が設置され、最終報告での避難者数は二百四十一人と推計されたのである。生存者を除いた数でも二百人を超えたかと推計された津波での痛ましい死者数となった。

七　流失のわが家と家族

津波被災から六日目の三月十七日になって、もう一度、仮復旧作業にあたって、被災した橋梁が通行に耐えられるかどうかの健全度調査のため、技術コンサルタントの専門技術者と現地待ち合わせで、大槌町浪板の浪板橋へ行った時のことでした。

自宅付近の四十五号を走っていて、数少ない残った住宅の中に、私の家を発見することになったのです。それは、自宅からさらに海側へ二〇〇メートルあまり、大沢川の河口付近で見つかりました。一階がほぼ完全に玄関側につぶれ、二階部分が傾きながらも、屋根の上のテレビアンテナがしっかりと立っている姿でした。

二階は、私の寝室の壁側の側面が何かにぶつかり壊されて、海水が入って、書棚やベッドも損壊していましたが、中の物はほとんどそのままの状態で残り、幸運にも、衣類と少しの思い出の品を救い出すことが出来ました。

その残骸が残っている頃に、社会人となっている娘も帰って来てくれて、ほとんどが無事だった二階の荷物の持ち出しを手伝ってくれました。無事だったとはいえ、寝具類や私たち夫婦の衣類、書斎の濡れずに残った書籍類を選定して、最小限の荷物持ち出しではありました。その後、行方不明者捜索のために、自衛隊によって解体されて残骸となった後には、上の息子も北海道から駆けつけてくれました。

自衛隊によって解体されるときも立ち会い、被災直後には、スイスの取材スタッフにも声を掛けられたり、多くのマスコミも被災状況を全国に発信していました。それから、今日まで何度も被災ヵ所に妻と二人で思い出の品探しに出かけて、貴重な品を集めることも出来ました。

まもなく一年の月日が流れようとしているいま、心が癒えることはなかなかありませんが、復興が着実に進むことに期待し、じっと耐えて生き抜くしかありません。

大震災のほぼ二年前、妻は大腸癌の八時間を超える大手術を経て、辛うじてこの世に生還を果たしました。骨盤内臓器の全摘出もあって、人工肛門の大小を身に付けずしては生活を送れない身体障害者となっていました。

大津波の時、着の身着のままで避難し、そのストマー（人工肛門器具）を流してしまうなど、健常者に比べても大変だったと思います。避難所の一夜のトイレでさえ、障害者用とはいわないまでも、せめて水洗トイレだったらと、今でも妻は口にします。ですから、一畳、二畳の狭くて不便な避難所生活で、数ヵ月も仮設住宅を待つ選択など、私たちには最初からありませんでした。

あの時から現在まで、あの津波を思い、失ったものは戻りませんが、これからも二人が生きられるまでの時間を大切に生きていこうと思っています。

八　震災に一年の区切りなし

東日本大震災で大きな被害を受けた岩手、宮城、福島三県では、人口の流出、目減りが続いています。震災前の三月一日に比べて、ほぼ一年の二月一日の推計では、八万二千人あまりが減少し、震災による人口流出が加速しています。新聞の見出しによると、「三十年後の福島半減も」との報道です。

私自身は、流出した自宅のローンを払い続けながら、二年ほどで退職年齢に達することになります。あらめて流出した土地へ「自宅を建て直すか」との周りの声に対する答えは、「いえ、あそこには建てないし、家を建て直すなんて考えてもいません」と、お答えするのが関の山で、どうしようかを考えあぐねてきました。

二月の頭でしたか、山田町よりアンケート調査と復興計画概要図が送られてきました。自分の土地区画面積の記載とか、土地を二メートル嵩上げ盛土し、防波堤は約三メートル高くするなどの計画によって、自宅の建て直しか否か、土地は手放す意志があるか、復興住宅の希望があるか、などのアンケートとなっており、重茂半島線の主要道路の付け替えが、我が家の北側角地をかすめて計画されていました。

妻とも色々話し合ってきたなかで、大筋の方向は定めていました。土地は手放す意志あり、復興住宅の場所、入居時期などの内容が不明確ながら一応、希望する旨の回答としたのです。

妻は、二人が高齢となり不便な場所では病院も大変であるとしながらも、やはりこの周辺に暮らすことを望んでいることは、十分承知していましたし、私自身も津波被災に遭ったからといって、県の内陸部などへの拠点変更の考えはまったくもっていません。

この山田町に終の棲家を定めたのには、あるきっかけがありました。下の娘が、父親である私の職場の宿舎から通える北上市の高校へ進学して、過ごした三年あまりの内陸中部には、多少とも住み慣れて、良いところでもあり、最初は本気で北上市での住居を探していました。しかし、子どもが大学へ進学して親元を離れてから、やっぱり海がいいという妻の希望と、私自身もどちらかというとそれで納得という感じで、本気で家を探し始めたのでした。

たまたま、妻の姉夫婦も大槌町の親から継いだ土地に住宅を新築した頃でもあったので、私たちも家を探していることを知り、あなたたちは沿岸に住む気持ちがないかもしれないが、良い物件があると、山田町の中古ながら七、八年経過のリフォーム住宅を紹介されたのがきっかけで、山田町を終の棲家としたのでした。

住んでみて、本当に納得の場所になり、気に入った住居でしたが、無情にも津波がさらっていってしまいました。残念であり、返してほしいと願いたいくらいなのですが、この現実は受け止めざるを得ません。

復興計画のシナリオがよく見えてこないところも不安です。先に被災したＪＲ大船渡、山田線の復旧策を巡っては、高速バス輸送システム（ＢＲＴ）による仮復旧の検討を表明したＪＲ東日本と、地元自治体の反発ですが、鉄道の復旧には一千億円ともいう莫大な資金と、自治体の復興計画に沿って順次復旧となれば、その復旧完成までの時間についても見当がつかず、ＪＲ側としても、資金的にも民間企業の限界を伝えた報道もありました。その地元の心情的な思い程度を冒頭の序章で書きましたが、歴史的背景も自治体側が態度を硬化させる要因ではないでしょうか。それは、赤字だった沿岸の鉄道ローカル線は廃止対象となり、これに抗して県と当時の市町村などが第三セクターを立ち上げ、日本初の第三セクターによる沿岸の未開通区間の鉄路をつなげて全線開通にこぎ着け、その後の年間赤字にも資金を投入して維持してきたこと。明治三陸大津波で被害を受けた際には、鉄道建設を復興の象徴として国に訴えましたが、叶わなかったという経過もあり、悲願百年といわれた鉄路に懸ける思いは強いのです。

　四十年前、私が社会人として宮古に新規採用となって赴任したとき、八戸経由の盛岡、そして宮古までの鉄道で、待ち時間も入れれば七時間近く要した道程も、今では国道四十五号線の一次改築（昭和四十七年）、三陸沿岸鉄道もつながり（昭和五十九年）、車で二時間、鉄道では一時間半の道程です。震災後、沿岸を縦断する復興道路として自動車専用道路があと十年を目途に完成するといいます。

この幾多の歴史の中で、時代の潮流に翻弄され続けてきたような気持ちを、少なからず抱いてしまうのです。ときには、もう道路は要らない、費用対効果、便益と経済性の追求が正義の鎧を着けてまかり通る時代でもありました。地方とは、そして人間の尊厳とは何なのでしょうか。かつて何かの文章として、こんなことを書いた記憶があります。その文面を締めくくりとしたいと思います。

三陸地域が願う道路網のネットワーク化の悲願達成が成る時は必ず訪れるだろう、と願っている。

国道四十五号開通と悲願百年といわれた三陸縦貫鉄道開通の喜びは、多くの整備効果をもたらしたことも間違いない。時間と距離の短縮は、自動車社会の到来と共に生産物資の流通や教育、医療の現場に計り知れない光輝く成果であろう。

しかし、光あれば必ず影もあることを、私たちは忘れてはならない。道路網の整備ネットワーク化と広域連携交流という光に背中合わせで、人口流出、限界集落、学校や病院の統廃合、車社会の弊害などに代表される影の部分が、自ずと存在するのも事実である。

そんな意味合いからも、グリーンツーリズムに代表される観光、地場産業など、地域振興の源である地域特性、人的資源の力量発揮が本来的悲願であり、継続的社会生活に通じる道だろう。広域的交通ネットワークは、その社会生活の根幹ではあるが、決して人間らしく生きる営みの尊さ（尊厳）に優るものではない。

（二〇一二年三月十一日）

長き道を顧みて

四十二年間の我が転勤人生

それほど早い時刻ではなくなった夜の十一時過ぎ、寒い冬の一室で炬燵に後半身をもぐり込ませて、正面に据えた反射型ヒーターに暖まりながら、ウトウトとしていたが、寝床に入って早く寝ようと思い床に就いた。

しかし、逆に眼が冴えて寝付けなくなってしまい、ものの一時間で起き上がり、仕方なくコーヒー豆を挽き、夜中のコーヒータイムとなった。

コーヒーを一杯飲みながら、煙草をくゆらせ、ついでに手洗いに入って放水した。窓ガラス越しに、まだ濃い闇夜が窓にはりつき、あたりを包んでいる。部屋の空気は穏やかに静止しているように感じられ、反射型ヒーターの燃焼音だけが深い静寂の中で絶え間なく呟いている。

なかなか眠る気持ちにもなれず、ふと……ペンを取り、走馬灯のように蘇ってくる在りし日の妻と子どもたちとの生活や転勤などの数々を書き止めてみた。

独り身となった生活を振り返り、これまでの長くもあり短くも感じた人生の折り返し点を振り返るのだった。

私が社会人となった一九七〇年代初頭、十九歳になる春に公務員となり、退官するまでの四十二年間を、地方の国の出先機関で働き続け、定年退職の十年ほど前には、地元岩手の沿岸にある小さな田舎町に中古住宅を購入し、妻と二人で終の棲家で暮らしていたが、あの東日本大震災の津波でその持ち家を失い、その三年後の二〇一四年に定年退職した。

持ち家を失った後、退職までの三年間は官舎住まいであり、定年退職後は復興住宅という方法もあったのだが、収入に応じた賃料は民間のアパート以上でもあったことから、民間の貸家を探して、妻と震災直後に関東圏から母親の身体を気遣って娘も帰ってきて、三人での貸家生活であった。

娘はすぐに、震災後進出した地元のホテルで働き始め、ときおり通院する必要のあった母親を助けてくれていた。

妻は、震災の二年ほど前に大腸癌を患い、八時間を超える大手術で命を取止めたが、骨盤内臓器摘出のため人工肛門の身障者となっていた。

定年退職した年の十二月、妻が突然の緊急搬送で、わずか一時間あまりで亡くなった。

それは、手術から五年が過ぎた定期検診で癌の再発が見つかり、抗がん剤治療を開始して間もなくのことであった。深夜に、おなかが痛いと言い出し、救急車を呼んで三人で病院に行き、原因を突き止めかけたと思われたのに、すでに遅かったのである。搬送からわずか一時間あまりのうちに意識を失い、あっけにとられるばかりで、突然の出来事に涙も出てこなかった。医師より死因は心筋梗塞と告げられた。後で思えば、それは妻の六十歳の誕生日の二週間前の出来事であった。

妻が亡くなった半年後には、娘が関東圏に戻るといって家を出てしまい、しばらく借家に独り身で住んでいたが、家主が亡くなったとの理由で貸家からの退去を命じられてしまった。新しい貸家を定年退職後に再就職した会社の借り上げで見つけてもらい、再びの借家生活となった。

再就職した現在の会社は、私が社会人となって最初に勤めた沿岸の中心都市にあり、持ち家を震災で失った山田町に隣接する人口五万人あまりの沿岸中核都市の一つである。会社は、この地元中核都市に支店を置く民間の建設コンサルタント会社で、今の仕事も、昔働いていた官庁からの仕事を受託し、社員六十人ほどを抱える支店である。私は、十件あまりの受託業務のうちの数件の業務を取り仕切る管理技術者をしながら、支店運営責任も担う支店長として働いている。

間借りする借家の私が寝る部屋には、妻の遺骨が置いてある仏壇と呼ぶには似つかわしくない棚があり、独り身の寂しさを紛らわすように、妻の遺骨に時々語りかけたりもする。成人した二人の子どもたちは、正月には帰って来たりもするが、ここ二年、新型コロナ蔓延もあって、帰ることも控えるようになり、しばらく会っていない。

昨年の十二月、正月間際の年末に一年ぶりに娘が帰ってきた。妻の七回忌に納骨を考えて子どもたちとも相談していたのだが、新型コロナ騒動でそれも中止にした。娘は、それでも無理して（勤め先もコロナにより休業もあってか）ひょっこり帰ってきたのだが、一泊して年明け前に帰っていった。

○

四十二年間の役所勤めの最初でもあった沿岸の中核都市でもある宮古市も、震災で持ち家を失った隣町である山田町と同様に、津波被害に遭っている。この地に新規採用から四年間勤務した後、出身地である県北の人口三万人ちょっとの久慈市にある国道維持出張所へ転勤となり、三年後の一九七九年に結婚して、そこには丸七年間勤務した。

新婚間もない頃も、管理する国道の台風や豪雨災害が相次ぎ、忙しかった記憶が蘇ってくる。

災害復旧のため、日中は現場に行って、被災ヵ所をまわって測量をし、夜は図面化、数量算出、概算復旧工事費積算といった一連の作業に明け暮れる毎日であった。

事務所からの応援者も二、三人来て、深夜まで仕事をし、新婚家庭の我が官舎に寝泊まりするという……今の時代では考えられないような生活であった。妻も実際、驚いたといっていたことを思い出す。寝泊まりだけではなく、妻が作った遅い夕食での宴会付きであり、深夜に帰ってから夜が白み始める時間まで飲んでいた記憶がある。

○

一九八三年の春、青森への転勤となった。上の息子が三歳を迎えようとする時で、妻は二人目の子どもを妊娠していて。身重の妻と息子を連れて青森への転勤であった。二番目の娘が生まれる四ヵ月前で、出産は定期診断と産前経過を知る病院が好ましいということから、前任地の病院での出産と決めざるを得ず、転勤して間もなく私の実家がある前任地へ妻と子どもを帰すことにしたのだった。

ただ、帰すタイミングが早すぎて、私は忙しくほとんど夕食は外食で、官舎の台所の流し台には鍋釜や食器がうず高く積まれ、どうにもならなくなって、妻子に一旦、青森に帰ってもらうことにしたのであった。

妻子が帰って来ているはずのそれは、一九八三年五月二十六日のことである。突然の大揺れが職場を襲い、立っていられず柱にしがみつくやら、吊り下げてある蛍光管が落ちるやらの大揺れに見舞われた。あの日本海中部沖地震の発生であった。

しばらくして、今日帰って来ているんじゃなかったのか、と先輩に言われ、慌てて我に返り、妻子の身の安全を確認するため官舎に駆けつけた。

ちょうど帰って来たばかりだった妻は、大揺れの中、外で遊んでいた幼い息子を探して外に飛び出し、息子を抱えて電柱にしがみついたと言う。その揺れに驚いてか、腹の中にいた娘は、予定日を二週間も過ぎた七月三十一日に生まれたのであった。

数ヵ月後、出産後の妻と二人の子どもは、三人で青森の官舎に帰ってきた。その間に三内丸山遺跡に近いボロ官舎から、筒井の官舎に一人で引っ越しをして、帰ってくる妻子を待っていたと記憶する。

二年間を青森で過ごしたが、青森のねぶた祭りには、妻の両親を呼び、六人でねぶた見物をしたことが思い出される。

○

その青森から次に転勤となったのは、二〇〇〇キロも離れた南国の沖縄であった。

青森で二年目の三月に入ったある日突然、沖縄行きを打診され、明日までに回答をしろと迫られたのであった。

私は、別にどこの地で仕事をしようとも、真面目に一生懸命取り組むだけのことと、考えていたので、希望もしない沖縄まで行く気にはなれなかったが、妻と相談すると、行ってみたいということもあり、二年で帰れるならちょうど息子が小学校入学の春に帰ってこれるということもあって、沖縄行きを決断したのであった。

一九八五年四月、私たち家族は沖縄にいた。沖縄は温暖で過ごしやすく、冬でも慣れれば半そでシャツでも過ごすことが出来る。

沖縄の思い出は、亡くなった妻を含めて、私たち家族の大切な宝物でもある。

「命どう宝」は、命こそ宝物という意味合いで、沖縄の人たちの深い戦争体験と沖縄戦を体感した、それこそ沖縄人の命の叫びであり、大切なる名言というべきものである。

娘に沖縄の記憶を大きくなってから尋ねたが、一歳七、八ヵ月からの二年間の幼子であった娘にとって、ほとんど記憶がないと言う。

息子は微かな記憶があるようで、幼稚園に父さんが出勤の車で送ってくれたけど、時々僕を幼稚園に降ろすのを忘れて、勤務先近くまで行って戻ったことが何度かある、と当時から忘れっぽい私の性格を言い当てたりした。

私は仕事がら、直轄国道（国が管理する国道のこと）の管理に関わっており、否応なく米軍軍需車両の走行の認可（国内法では二〇トンを超える特殊車両の通行は許可制だが、米軍車両は許可制ではなく、日米小委員会なる場での米軍通告協議制）についても仕事の一部であったため、よく米軍基地内にある渉外課に出向くことがあって、米軍当事者との通訳を介しての折衝を行ったことがある。

そこで、私は日米地位協定の矛盾に直面し、以前から興味のあった沖縄戦のことを知った。一緒に働く職場の白梅隊（ひめゆり隊に次ぐ女子学徒隊）生き残りの大城栄子さんから、よく戦場体験を聞いた。

そして、米軍基地内の芝生と広々とした丘陵地に、連立せずに立ち並ぶ米軍宿舎や、バーベキューなどしてゆったりと暮らす米軍家族をフェンス越しに眺めながら、日米軍事同盟（安保条約）の矛盾に直接突き当たることとなった。

たとえば国道の道路付属物を米軍車両が損傷しても、国内法と違い、全額弁償の義務は、米軍には発生しないのである。たしか当時で、復旧額から五十万四千円を差し引いた額の七五％が責任負担額と決められていたのである（いわゆる五十万四千円までは免責）。

米軍基地撤去を訴える沖縄の人たちと直接語る機会を得た私は、そんな中で、当時那覇市の日本共産党地区委員会の委員長をされていた赤嶺政賢ご夫妻とも知り合う機会を得たのであった。私の妻は、政賢さんの奥様とも友だちとなって、息子が幼稚園にいる間に幼い娘を夫人の友人宅に預け、赤嶺夫人と二人で水泳教室の中級課程に通ったりしていたこともあった。

赤嶺政賢さんは、その後、沖縄選出の衆議院議員となられて、国会でも沖縄米軍基地撤去の課題に取り組まれ、辺野古新基地移設（普天間基地移設先）反対運動の先頭に立たれている。

いつだったか、突然、当時私が住んでいた官舎に政賢さんが訪ねて来られて、札幌雪祭りに今度行くことになったが、靴は何を履いていけばいいだろうかと、私に尋ねられ、足元を見るとゴム長靴を履いておられたので、つい笑いだして、長靴でなくても大丈夫、防寒靴ではどうか、と言うと、防寒靴とはどのような物かと首を傾げられたことが、懐かしく思い出される。

○

沖縄での二年間の生活は、語り尽くせないほどの思い出となって蘇ってくる。それゆえに、いつか必ず、生きている間に再び沖縄を訪れたいという願望がふつふつと湧き上がってくるときがある。

一つ二つ、記憶に残る思い出を語るとすれば、沖縄生活の二年目の冬、十二月に那覇から宮古島、伊良部・下地島への家族旅行をしたことである。その時も肝心のカメラを忘れて、島に渡ってから写真店かどこかでカメラを借りて、旅行をしたことがある。

宮古島では、レンタカーを借りて島一周をし、伊良部島へは、中型フェリーで渡った。宮古島と伊良部島を結ぶ伊良部大橋（三五四〇メートル）が二〇一五年一月に開通というから、

宮古島・星の砂ビーチにて

二十九年後になるだろうか。今では陸続きでの往来が可能となっている。

家族の数多くの思い出の写真は、二〇一一年三月十一日の東日本大震災の津波でほとんどなくしたが、流出家屋の中で、海水を浴びずに残っていた何十枚かのネガフィルムから、この時の旅行のネガフィルムも奇跡的に見つかって、思い出が形として残っている。

また、年が明けた東北に帰れるという二、三月頃だっただろうか、観光パンフレットには必ずしも載っていない沖縄戦跡地を含めた沖縄戦を巡る家族小旅行も懐かしく思い出される。

戦没者の遺骨を納骨した慰霊の塔「魂魄の塔」「南北之塔」といった戦跡巡りの旅も思い出深い。その時のいくつかの地を巡ったスナップ写真は、沖縄から帰って三年あまり後になって、職場の組合機関紙に連載した「命どう宝＝沖縄の素顔、そして平和を考える」と同名の編集小冊子版にも載っている。

在りし日の妻や小さかった子どもたちの姿がスナップとして残っており、私亡き後は、子どもたちが眺めて懐かしく思い出してほしいと思っている。

○

一九八七年四月、私たちは沖縄から帰った。希望の地に帰れるという話があったかどうか忘れたが、帰ってきたのは、新規採用の地となる三陸国道工事事務所管理課の維持修繕担当係長ポストであった。

沖縄へ出向し、総理府沖縄総合事務局南部国道事務所では総理府技官であり、初めての昇任にて管理係長ではあったが、建設省に復帰し、建設技官として、維持修繕係長職はかなりの重責で、若干三十三歳と当時としてはやや早めの課筆頭係長職は仕事の重みといい、予算要求から予算管理まで、潰されそうな忙しさに追われつづけることとなった。

四年後の一九九一年四月には、盛岡市にある河川・国道を管轄する岩手工事事務所の工務第二課へ転勤した。一九九三年二月に雫石スキー場で、世界アルペンスキー大会が開催という、わずか二年たらず前のことであった。

当時、雫石町を経由して秋田市までの国道四十六号線は、滝沢村（現滝沢市）大釜付近までの一部区間で四車化されていただけで、繋交差点（小岩井農場入口）までの完全四車化が至上命題であった。それだけではなく、関連事業として滝沢分かれの滝沢インター周辺の国道四号線の四車化、盛岡西バイパスの延伸工事も同時進行で行う大変な忙しさの中、短期間ではあったが無事開通に漕ぎつけて、三年間お世話になった。三年目の夏に十数年抱え続けた痔も盛岡で手術し、最後の三年目はゆとりある三年目を過ごしたと記憶している。

この間、家族は盛岡の緑が丘官舎から、茶畑の官舎への引っ越しも余儀なくされ、転勤でもないのに子どもたちも市内転校生となってしまった。しかし、これが娘がやがて高校生となって、親も驚きの結果へ繋がろうとは予想だにしないことであった。

緑が丘官舎にいた頃、娘はスポーツ少年団で剣道を習い始めて二年目だったが、当時忙しい中でも夕方一旦、仕事を抜け出して娘と妻をこの剣道場への送り迎えをしていた。妻は車の運転ができなかったし、安給料の公務員家族に車二台はそもそも持てもしない身分でもあった。

しかし二年後、緑が丘官舎は取り壊しということで、茶畑官舎への引っ越し、学校は転校を余儀なくされたし、道場も遠くなり、剣道をここで娘は辞めてしまった。盛岡市内の少年剣道大会でも優勝するなど結構筋も良く、団体戦全国大会にも一学年上を偽って出場することもあり、道場のコーチには、もったいない、家に下宿して続けろとまで言われたが、小学校低学年までで辞めざるを得なかった。その後、茶畑官舎には家族を残して単身赴任生活がスタートするのだが、息子が高校を卒業し、娘が高校に入る年の三月まで、家族は盛岡にトータル八年は住んでいたことになる。娘は足も速かったが、中学から陸上競技を始め、高校は県内でも有名な監督が指導する北上市にある高校に推薦入学で入ることになった。

茶畑引っ越しから一年後の一九九四年、私は盛岡に家族を残し宮古への出戻り単身赴任し、三度目の三陸国道工事事務所では、三陸縦貫自動車道路の工事発注や花巻釜石間の横断道路となる仙人峠道路の工事用道路にも着手した。さらにその二年後は、二度目の青森へと単身赴任で転勤、浪岡五所川原道路の建設監督官として二年間過ごした後、娘が高校入学の一九九九年には、すでに盛岡を通り越し、水沢国道維持出張所勤務も一年経過していた時であった。

娘が通う北上市の高校へは、私が勤めていた水沢から汽車で十五分ほどという適地にあったため、妻と娘が私の単身先に引っ越すことになった。息子は時期を同じくして高校卒業となり、北海道の専門学校へと一人旅立っていった。

高校に進学した娘は、めきめきと頭角を現し、二年生になってからは県内で負けることのない陸上短距離（一〇〇㍍）の覇者へと成長していた。

水沢には三人で二年に満たない暮らしの後、私はそこから二〇〇一年一月には、妻と娘を水沢に残して、宮城県の多賀城市にある東北技術事務所に単身赴任となった。

二〇〇一年の夏、前評判にも上らなかった無名選手ながら、熊本インターハイに出場した娘は、一〇〇㍍で決勝まで進出を果たして、走路の中盤から名だたる本命選手を置き去りに抜け出し、あっさり優勝をさらってしまったのである。その年の秋に行われた宮城国体では、インターハイとの二冠がかかったが、インターハイ決勝二位の有名選手にわずか百分の二秒差で二位となり、二冠とはならなかった。高校卒業後は、関東の有名国立大学に頭脳ではなく、脚力で推薦入学をしたのだが、入学して間もなく、陸上大会のトラックを疾走中にアキレス腱を断絶、リハビリと頑張りで陸上は続けたが、それ以来栄光のテープは切ることもなく終わったのである。宮城国体にて記録した一〇〇㍍の岩手県記録は、その後十年も破られることがなかった。

○

娘の大学入学と同時に、妻は水沢を引っ越して私の勤務する多賀城市に来て、単身赴任は解消となったが、その数年前から妻には、もう引っ越しはいや……、と言われていた。こうして二人で終の棲家を探し始めていた。最初住み慣れた水沢～北上周辺で探してはいたが、妻の姉夫婦に「あなた方は、沿岸に住む気はないかもしれないが、良い物件がある」と紹介されたのが、沿岸の山田町にリフォーム中の物件であった。やはり海がいいと言う妻の言葉に異存があるわけもなく、多賀城から休みの日に泊りがけで物件を見に行き、二〇〇四年一月、即決で物件を購入した。

その年四月には、多賀城から三度目の岩手河川国道事務所転勤で盛岡勤務となったため、多賀城から山田町の終の棲家への最後の引っ越しとなった。

山田町から盛岡までの単身赴任ではあったが、やっと手に入れた自分の家、妻も私もゆったりとした安息の生活を味わうことができた。これが結婚二十五年目のことだった。

二年後の二〇〇六年四月、最後の転勤で四度目の宮古勤務、定年退職までの八年間を新規採用の地である三陸国道事務所で勤め上げることになった。

しかし、長く続くと思われた安息の日々の先に、私たち夫婦を待っていたのは、三年後の妻の癌、大手術。その二年後には、あの忌まわしき東日本大震災が発生するのである。

そして、妻の癌再発と突然の別れが、わずか八年後に訪れるという波乱万丈なる人生終盤へと、回想は駆け巡っていく。

○

妻が亡くなって半年ほどは、無力感を脱し切れなかったが、半年ほどして、幼少時代から山野を駆け廻って育った記憶を辿り、最初は渓流釣りに没頭していった。県内の主要河川をおよそ巡っているうちに、二年目の秋からは、自然と山登りのほうに傾倒していったのである。

北海道で暮らしている息子にも声をかけ、利尻岳に二人で挑んだり、知床の羅臼岳にも二人で登る予定であったが、利尻岳は五月連休の春山で、まだ雪深く装備未熟で六合目で断念とか、羅臼岳では登山前からの強い降雨でこれまた断念となったが、それでも息子とは登山の相棒として、これからも北海道の山々に挑戦しようと思っている。北海道だけでなく、自然を満喫する充足感だけが、山に向かう私の唯一の心満たされる瞬間でもある。

妻を亡くして六年あまり、感傷に浸ってばかりいてもしかたがない。仕事に、そして山登りに、不屈とはいえない小言を吐きながらも、生き続けなければならないのだろうか。夜が明け始めた間借家の一室で、妻の遺骨に語り掛け、明日も一生懸命頑張るしかないと呟きながら寝床に入るのだった。

（二〇二一年二月）

命どぅ宝

沖縄の素顔と平和を考える

突然の沖縄勤務

一九八五年三月に入って間もなくだったと記憶している。当時私は、某事務所の工務課に席を置き、年度末の本官契約変更設計に取り組んでいて、客人の空く副所長の決裁待ちをしていた。まもなく机上の電話が鳴り、副所長の呼び出しでこれ幸いとすっ飛んでいった。

そこで、私は沖縄勤務の内々打診を受けたのである。若いときから周りの知人が沖縄へ希望して行っているが、私は特別行きたいとも、希望したこともなく、三十歳を過ぎているまさらとも考えたが、二年で帰れるとすれば、上の子どもが入学でもあり、妻の希望もあって、行ってくるなら今回が最後のチャンスと決断したのだった。

しばらくは、心浮き浮きの妻子と違って、初めての道路管理事務の仕事で頭が一杯、ややノイローゼ気味にもなった。しかし、沖縄の風土、すぐ踊りだす沖縄の陽気な人々、年中見て歩きの観光や、ちょっと出かけて泳げる（私はカナヅチ）遠浅の海、そして、食い物に目のない私たちは、休み、平日関係なくこれまた気に入ってしまった沖縄そばを食べに出かけていたものだった。夜、宿舎の目の前からバスに乗り、子どもと夜の国際通り（那覇の中心街）に散歩にも出かけていたものだ。沖縄の二年間は、いずれ語り尽くせない生涯の家族の思い出となっている。

私は仕事の関係で、米軍車両（特に特殊車両通行許認可）の通行に関わって、よく米軍基地に出入りし、千円札で昼食をとり、ドル紙幣とコインのおつりを貰って、最初はびっくりだったが、安保条約に定められた日米地位協定なるものの無情さというものを目の当たりにして、やや憤然としたものだ。

特殊車両（戦車や高射砲を積んだトレーラー等）は、国内法と違い、許可ではなく相手から一方的に通知されるだけで、（実際は、日米小委員会＝本省と米軍で通行の適否が決定され、直轄は通行日時を米軍より通知を受けるのが決まりである）膨大な書類から通行車両のタイプを探し当ててチェックするだけなのである。また米軍車両が道路付属物を損傷しても、五十万四千円を除いた額の七五％の負担義務しか米軍にはないのである。公務中なら人を引いても直接管轄の警察が検挙もできなければ、裁判の権限も米軍側にある……。

また、日常茶飯事に起こる不発弾騒ぎ、米軍演習で弾丸が民家に向けて撃ち込まれたり、さらには日曜日の朝早くから自衛隊のジェット機のエンジン音（那覇空港は軍民共用で、ニアミスや接触事故もある）が鳴り響くことも日常である。

私が、多くの労働運動に携わる人たち（自分も含めて）に言おうと思う点は、単にこれを通じて平和の問題をというだけではなく、イデオロギーで政策論争をする政治・政党間のことならまだしも、平和運動や労働運動は同好会的サークルとも違い、思想・信条の違いを越えて大きく発展してしかるべき展望と道筋が理論づけられるものだと、信ずるにほかならないという点なのである。

樺太の火傷少年が（幾多の障害をクリアして）国境を越え、医療技術の高い施設（日本という……たまたま）に収容され最善の治療（科学的最良の道）を受ける。このことに何らかの疑念をはさむ人がいるだろうか。

一九九〇年、安保改定三十年を迎えて、世界の情勢が東欧・ソ連の一党支配の独裁的社会主義の混迷を脱し、民族の主権、真の民主主義へと向かう、そして、軍事ブロックの解体、東西体制の無用な対立を解くことの必然性が世界政治の表舞台に登場せんとする今日、また、核軍拡の波を世界の平和勢力が確実に押し留める力となっている時、真の平和の願いを込めて、「命どう宝＝ヌチドウタカラ＝（命こそ宝）」の表題で日刊「だしかぜ」（一九九〇年）と日刊「あおもり」（一九九六年）、組合機関紙上をお借りして連載させていただいた。

「平和は、その平和を享受する社会にこそ深く浸透し、その民が平和の守り手としての自覚とイニシアチブを発揮し、多くの人々を導くもの」と私は思う。イラク、クウェート紛争での日本の役割にも通じよう。

安保追従で真の独立国とはいえないこの日本にありながらも、資格と義務を過去の歴史の重みから学ぶべき国民として、語らずにはおれなかったことを申し添える。

とともに、当時の記録を項目だてして集約して記載している。

一　平和を考える

今、沖縄には年間二百万人余の観光客が訪れているといわれている。たしかに、亜熱帯の珊瑚礁と青く澄んだ空、照り付ける太陽の魅力は、特に若者の心をとらえて離さない。この自然の美しさは、県民の誇り、だからこそ、もっと多くの人々が沖縄を訪れて欲しいと願っている。

しかし、残念ながら多くの観光客は、軍事基地や沖縄戦の実相に迫る戦跡巡りをせずに帰っている。これは県民にとって大きな心残りだろう。

美しい沖縄の島が、核戦争の最大拠点にされているこの現実を直視して、「核もない、基地もない沖縄」にしてこそ、沖縄の海で心置きなく泳げるのである。

まず、次回からは沖縄の素顔に迫るべく、最初に島々の七つの特徴に触れてみよう。

（日刊だしかぜ一九九〇・六・二五）

アジアの近代において、欧米の植民地だった国が多かったが、そのほとんどが独立しました。フィリピンからは米軍基地が撤退して、気づいたら独立していない国は日本だけじゃないかな。という気がする。米軍基地が百四十近くもあり、アメリカの空母の母港として横須賀が使われ、安保条約によってアメリカの世界戦略に組み込まれて、半植民地になっている。植民地とは、一九世紀や二〇世紀前半の話である。

日本人は、もうすぐ二一世紀になるのだという歴史的感覚を持って考えなければならないと思う。九〇年代に入って、東西軍事ブロックの解体と無用な対立を解くことの必然性が、世界政治の表舞台に登場するとの思いのなかで、ゆがんだ方向へ進んでいると思うのである。

普天間基地返還によって、岩国、嘉手納への部隊の移転費用は日本負担で、その規模一兆円ともいわれている。米軍の四万七千人体制維持と有事の際の民間施設の緊急使用や後方支援に向けた共同研究を約束し、新たな世界戦略の枠組にはめ込まれていく日本。かつてアジア諸国を侵略した日本。その意味で「真の平和の願い」を込めて、また資格と義務を過去の歴史から学ぶべき国民の一人として、沖縄を題材に平和への強い理念を伝えたい。平和の問題は、民族の責任として再び戦争を許してはならないという決意で、手立てを尽くして語り継ぐことなく、次代に引き継ぐこともできないと思うのである。

（日刊あおもり一九九六・四・二五）

二　島々の特徴

小さくて広い島

沖縄県は、有人島としては日本列島の最南端・最西端にある。最南端が波照間島、最西端が与那国島である。与那国島からは台湾の影もみえ、国境の島である。

県土面積は全国の四十四位、全国土の百分の一にも満たないが、海域を含めると限りなく広大で、本土の二分の一にもあたる。現在では離島の過疎化が進み、沖縄本島に全人口百十八万人中の約八八％が集中している。

（日刊だしかぜ一九九〇・七・二）

亜熱帯の島

沖縄県は、すべて亜熱帯気候に覆われ、年平均気温二十二度、年間の降水量二〇〇〇ミリ、年平均湿度七七%で、一年を通じて温暖多湿である。眩しい太陽と青い空、トロピカルムードいっぱいである。また、沖縄には四季がないと思われがちだが、季節風により冬も迎える。ただ、落ち葉もなく、気温十度を下回ることは稀である。

(日刊あおもり一九九六・五・九)

東洋のガラパゴス

沖縄は、動植物の生態系が多種多様で「東洋のガラパゴス」とよばれている。国指定の天然記念物は、動物二十二、植物十六種もあり、これほどの天然記念物を有する県は他にない。一九八一年、本島北部で発見されたヤンバルクイナや県鳥ノグチゲラ、イリオモテヤマネコ、カンムリワシが有名。

(日刊だしかぜ一九九〇・七・九)

ユニークな歴史と文化の島

沖縄の歴史は、①先史、②古琉球、③近世、④近代、⑤戦後沖縄の五つの時代に区分できる。そのなかで古琉球時代は、一二世紀から薩摩侵入(一六〇九年)までを指すが、この時代に独自の歴史と文化が形成された。すなわち、各地に小領主(按司)が発生し、グスク(城)が築かれ、やがて北山、中山、南山の小国家が分立し、一四二六年、三山が統一されて琉球王国が誕生した。これは日本列島唯一(ミニ国家)である。

琉球王国は、やがて薩摩の支配下に入り、一八七九年の琉球処分で姿を消したが、独特の文化と伝統は今なお息づき、沖縄の強烈な個性となっている。

(日刊あおもり一九九六・五・一六)

戦場となった島

沖縄には現在も無数の遺骨、不発弾が埋もれている。今なお戦争の悪夢が忘れきれない島なのである。沖縄戦は〝鉄の爆風〟といわれる激しい戦闘が三ヵ月も続いた国内唯一、住民を巻き込んだ地上戦の島、県民の四人に一人が犠牲になり、琉球文化の遺産もほとんど灰に……。しかも日本軍による壕追い出し、スパイ謀疑事件、住民虐殺や集団自決の強要など、戦争の醜さと軍隊の本質を県民は目撃したのである。

沖縄戦は、本土決戦を引き延ばすための時間稼ぎ、捨て石作戦に過ぎなかった。その地獄の戦場を体験した沖縄の人々は、真の意味での平和の語り部として、貴重な存在といえるだろう。

（日刊だしかぜ一九九〇・七・一六）

基地の島

沖縄には在日米軍基地の三〇%、専用施設の七五%が集中している。まさに「基地の中に沖縄がある」といわれるゆえんである。

一九七二年の復帰後もその現実は変わっていない。いや、なお一層強化され、核戦争対応機能の整備や、連日のように実弾射撃や各種の演習が繰り返され、住民の生活が脅かされている。自衛隊との合同演習が公然と行われ、沖縄は、まさに日米安保条約の見える島なのである。

（日刊あおもり一九九六・五・二三）

アジアの架け橋

「沖縄に立つと日本がよく見える」といわれるが、それは日本がアジアの一員を再確認する機会にもなるからであろう。

与那国島からは台湾が見えるし、那覇を中心に同心円を引くと、東京とマニラと香港は、ほぼ同距離、上海までは半分の距離でしかない。

沖縄は、地理的に中国、東南アジアに近いだけでなく、気候、風土、また歴史・文化も南方系の色彩が強い。だから二一世紀の若者たちが、国際的人間として世界に羽ばたいていくうえで、日本の南端をよく知っておくことは必須条件といえるだろう。

不幸にして現在の沖縄は、軍事的に〝太平洋の平和の要石〟にされているが、これからは「太平洋の平和の砦」として、国際親善の橋渡しの役割を担うことだろう。

さて、次回からは沖縄戦の実相と安保について、沖縄の素顔、そして平和について連載続行。


（日刊だしかぜ一九九〇・七・二二）

三　今、なぜ沖縄・安保なのか

沖縄戦とアメリカの戦後戦略……。沖縄は日本の降伏後にこそ重要性があったのだ。つまり、社会主義ソビエトと対決し、封じ込めようとする戦略・冷戦構想を固めつつ、その中に沖縄を重要な拠点と位置づけたと考えられる。

私がいう沖縄とは、「基地のなかに沖縄がある」といわれているが、国内すべての米軍基地、それが沖縄の総称であり、「アメリカ（基地）のなかに日本（沖縄）がある」ともいえる現状を捉えてのことである。

一九八五年四月〜一九八七年三月、私はその沖縄にいた。沖縄は自分の意識とは別に、安保の見える島なのである。

この連載を機会として、副題とした「平和」について考えてみてはいかがでしょうか。

（日刊あおもり一九九六・五・九）

この目で見た嘉手納は、二本の滑走路を抱える広い敷地を占有し、爆音が想像を越えて私たち（家族）の耳を劈いたのだった。

嘉手納町の八三%を占有する、このアジア太平洋最大の空軍基地の北側に広がる緑の山林地帯は、嘉手納弾薬庫である。フェンスの外は渋滞する国道五十八号が走り、住宅が狭い地域にひしめき合って建っている。一方、基地内には広々とした基地内道路が走っている。

日米両政府は、隣の普天間基地を五年から七年で返還する。そのために沖縄の他の米軍施設と地域へのヘリポート建設、嘉手納基地への追加施設の整備、給油機の岩国への移駐を発表した。嘉手納弾薬庫の北端の丘陵地帯に、ヘリポートと滑走路を建設するという構想である。

何のことはない、普天間基地は場所を変えて「新装オープン」するだけのことなのだ。

（日刊あおもり一九九六・五・二三）

四　沖縄戦の経過

一九四五年四月一日、米軍は約千三百の艦船を並べ、バックナー中将の率いる上陸部隊十八万を読谷~北谷の海岸に上陸させてきた。

港川沖では、艦隊による陽動作戦が行われ、戦力不足の沖縄守備軍は水際作戦を避けて、持久戦で宜野湾~浦添の丘陵地帯地下深く陣地を構えて、息を潜めていた。

米軍は、無血上陸に成功、その日のうちに第一目標の読谷、嘉手納両飛行場を占領し、三日目には本島を南北に分断し、勝敗は数の上でも補給でもこれで決していたのである。

（日刊だしかぜ一九九〇・七・二二）

○

アメリカ上陸部隊の主力は、四月七日頃から首里の日本主陣地を目指し、総攻撃を始めた。宜野湾村嘉数の高地（現在も宜野湾市嘉数高地戦跡展望所として、普天間飛行場が一望でき、米海兵隊専用航空基地としての輸送・攻撃ヘリ中心の全容が見てとれる）を中心に一進一退の攻防が展開され、この中部戦線四十数日の戦闘では、沖縄守備隊の戦死者約六万四千人、米軍の戦死傷者も二万六千人にも達したが、これは太平洋戦争で最大の損害であった。

五月下旬、首里《シュリ》の第三十二軍司令部は、兵力のじつに八五％を失い、島の南端・摩文仁《マブニ》へと撤退する。五月三十一日、首里城に星条旗がひるがえり、五百年の歴史を誇る古都・首里はガレキと化し、辛うじて形を留めたのは、弾痕生々しい教会堂一軒だけだった。

今日、首里・守礼門前に色鮮やかな琉球衣装の若い女性が記念写真に応じ、首里城内（全て復元）を歩くと、眼下に残壕が見える。次回は南部戦を語り、戦跡観光をめぐる問題にも少し触れようと思う。

（日刊だしかぜ一九九〇・七・三〇）

○

六月初旬、東西七キロの喜屋武《キャン》半島には、約三万の残存兵と十数万人の避難民が袋のネズミになっていた。六月十八日、上陸部隊を指揮するバックナー中将が狙撃され、戦死する。真栄里部落で起きたこのことも、米軍の無差別報復殺戮の引き金となる。

ひめゆり隊は、あまりにも有名だが、それ以外を含めて多くの学徒が、戦場に散っている。白梅隊の生き残りである、大城栄子さんの突然の死を聞いたのは、私が二年の沖縄勤務から帰った翌々年のことだったが、学徒動員のこと、沖縄戦のことを若いのによく知っている……と、机をならべ仕事をしながら語り合ったことが、私の心に残り、後で書くが、沖縄戦がどんな意味があったのかを語らずにはおれない気持ちとなっている。

六月二十三日、牛島司令官が自決、しかし、米軍の殺戮は続き、米軍の沖縄戦終了宣言が出たのは七月二日。守備軍残存部隊が米軍と降伏調印したのは、八月十五日を過ぎた九月七日である。

（日刊だしかぜ一九九〇・八・六）

五　住民にとっての沖縄戦

沖縄の戦没者の内訳を厚生省の公式統計で見ても、この戦争の特徴と意味がよくわかります。

住民の死者数九万四千人に対して、日本軍の数も九万四千人となっている。住民の死者九万四千人というのは概数で示したものであろう。南九州や台湾への疎開途上の死者、避難壕を追い出され、日本軍によって食料を奪われ、飢え死んだ人、スパイの容疑で虐殺された者、集団自決の強要や離島、北部山岳地帯での戦死やマラリアでの病死……、これらを入れると、住民の死者は、九万四千人ではなく、十五万人を上回ると推定される。

十八万の上陸軍、その後方に控える米軍は、総勢で五十四万……、孤立した島で、死ぬまで戦うことを強要された第三十二軍の任務は、いったい何だったのだろうか。

（日刊だしかぜ一九九〇・九・二）

○

沖縄戦は、「捨て石作戦」であったといわれている。沖縄戦直前の昭和二十年二月、近衛文麿元首相は、天皇に上奏して、敗戦はもはや必至であり、敗戦より恐れるべきは革命である、国体護持（天皇制の支配機構の維持）のためには、一刻も早く戦争を終結しなければならない、として沖縄に米軍を迎え撃つにあたり、米軍に「甚大な戦力消耗を強要」し、「戦意を挫折」させて終結を有利にして、国体を護持しようというものであった。「時間稼ぎの捨て石作戦」というのは戦術的なものだけでなく、天皇のため「皆殺しまでも戦い」、その決意を事実で連合国側に示そうというものであった。国民を皆殺しにしてまでも守るべき天皇制……、その意味での捨て石……。それが沖縄だった。

沖縄の人たちが昔から言い伝えた〝ヌチドウタカラ〟（命こそ宝）は、沖縄戦では通用しなかったのだ。

（日刊だしかぜ一九九〇・九・一〇）

○

沖縄戦は、県民にとって一体何だったのだろうか。

戦後二十七年を経て沖縄の復帰がなった（昭和四十七年五月復帰）。二十七年におよぶ米軍占領の支配の出発点であり、戦争体験の諸相は、戦後史の歩み出す方向を見定める原点ともなった。

県民が重大な決意を持って行動を起こす時、強調されるのが戦争体験だったが、空にB52、海に原潜、陸に毒ガス・核兵器という厳しい現実に直面した県民は、戦争体験に立ち返って考え、そこから現実の課題を見定め、戦争と平和に科学的認識の一歩一歩に迫ってきたし、迫りつつあるのである。このことは、平和と民主主義を守り発展させる人々への連帯と信頼を強め、国民が団結すれば戦争を防止し、平和を築いていけるのだという自信を育ててきたといえるのではないだろうか。

（日刊だしかぜ一九九〇・九・一七）

○

沖縄戦とアメリカの戦後戦略〜沖縄は、日本の降伏後にこそ重要性があった。つまり、社会主義ソビエトと対決し、封じ込めていこうという戦略、冷戦構想を固めつつ、その中に沖縄を重要な拠点と位置づけた、と考えられます。

アメリカのソ連対決思考は、昨今の米ソ接近もあって、軍事体制堅持も必要とせず（米は財政、貿易赤字〜ソ連は経済事情で多大な軍事費を維持できず……いずれであっても軍縮へ向かうことは良いこと）、安保体制の堅持すらその意味を失いつつあるはずですが、他の脅威を色々と並べ（あるはずもない）堅持に躍起となる有様です。

平和の問題は、民族の責任として再び戦争を許してはならないという決意で、手立てを尽くして語り継ぐことなく次代に引き継ぐこともできないでしょう。

（日刊だしかぜ一九九〇・十・一）

六　慰霊の塔

沖縄本島南部の激戦地に真栄平という部落がある。六月半ば、この一帯で凄まじい住民虐殺が起こった。人口九千人のうち、生き残り三百四十九人、百八十九戸のうち五十八戸は一家全滅。

逃げ惑う住民に特別の配慮をした日本兵の一団があり、第二十四師団に属するアイヌ兵であった。殺戮の場所に出会って、体を張って住民をかばったのである。(少数民族として差別され、虐げられていたアイヌ兵たちは、日ごろから住民との心の交流があった)

戦争が終わってみると、おびただしい白骨……、村人たちは遺骨を集め、納骨堂を建てようと、当時の琉球政府に願い出たものの聞き入れられず、那覇の中央納骨堂へ移そうと考えたが、生き残りで北海道へ復員したアイヌ兵の弟子豊治さんが訪れ、「死んだその場に……」と説き、弟子さんと村人の協力で納骨堂が建てられ、「南北之塔」としてひっそりと建っている。決して観光コースに乗らない区画整理中の裏山にそれはあり、やっとの思いで探し当てたことを覚えている。

（日刊だしかぜ一九九〇・八・六）

〇

慰霊の塔には、戦争の反省と平和への誓いが書かれるものと一般には考えられるが、実態はまったく違うことも事実として知っておくべきであろう。

沖縄戦が終わった地として、沖縄戦跡公園の中心となっている摩文仁には、各県の慰霊塔が三十九基ほど建てられているが、碑文に共通するのは、住民を巻き込んだ悲惨極まりない戦争であったという反省はなく、再び戦争を許してはならないという決意も感じない。それどころか、無意味な戦争の犠牲となった戦死者を「皇国に殉じた英霊」として讃え、戦前の軍国主義を根底とした「忠魂碑」になっており、碑文の書き換え運動も起こっている。

各県の塔は、遺族会が自治体の援助で建てたものであるが、遺族会をリードするのは旧軍人、しかも高級の……。一九九〇年安保を乗り切って社会的復権を果たした旧軍人たちは、積極的に戦争肯定の立場で塔を建立。摩文仁の丘は、沖縄版靖国神社といったところであろう。次回は、そんな中にも無言の告発をする慰霊の塔を語ることにしよう。

（日刊だしかぜ一九九〇・八・二〇）

○

沖縄の五十三市町村のすべてに慰霊の塔がある。これはとりもなおさず、沖縄戦が全県下に及んだことを意味し、特に南部に集中。各塔に合祀された柱数は正確に分かっているのは、約半数……千、百の概数でまとめられたのが多く、戦没者の数を特定できない。

「ひめゆりの塔」に近い「ひむかいの塔」（宮崎県の塔）案内から海へ一キロ、この一帯は沖縄戦の最後の場所……身を隠すところもなく、地獄絵図が繰り広げられ、終わった後は屠殺場のように死体が転がっていた。

（日刊だしかぜ一九九〇・八・二一）

○

戦後、農作業の前に、まず遺骨収集が必要であったが、それ自体は反米活動と見られる恐れがあった。……ようやく一九四六年二月二十三日に許可され、一ヵ所に集められ、うず高い骨の山ができた。これに「魂魄の塔」と命名した。約三万五千柱を祀った沖縄最大、戦後最も早く、住民の手で建てられた県民の慰霊の塔である。住民を巻き込んだ悲惨極まりない戦争の反省もなく、沖縄戦を賛美するなど「問題の多い慰霊の塔の碑文」が多いなかで、時間的には過去となっても、無言ながらこれら「問題の多い慰霊の塔の碑文」を告発するともいえる慰霊の塔である。

（日刊あおもり一九九六・七・十二）

七　問われる戦跡観光のあり方

那覇空港から最も近い戦跡観光の地として、「海軍壕」がある。海軍沖縄根拠地隊が上陸を予想して一九四四年に完成させた地下壕である。

六月四日早朝、戦車百台、兵員六百で鏡水（現在、那覇空港国内線ターミナル）に上陸した米軍の一斉攻撃を受け、六月十三日、太田司令官以下自決。

この海軍壕にも、太田司令官の「遺徳」を強調するあまり、戦争美化になりかねない展示、説明（壕内放送）が少なくない。後にここを訪れた子息（名前は忘れたが……）の批判的発言からも、それは伺い知ることができよう。今も海軍帽を被った旧軍人の参拝者が絶えないが、このような旧軍隊中心の戦跡の姿は、観光化の問題と合わせ、今日の戦跡観光のあり方に大きな問題を投げかけていることも伝えておこう。

六月二十三日は、日本軍の司令官牛島中将の自決ということで「慰霊の日」となっているが、最近自決は二十二日という史実も発見され、なぜ将軍の自決の日が……などの批判も絶えない。いずれ住民犠牲の軽視は批判も当然であろう。（日刊だしかぜ一九九〇・八・二七）

八　安保再定義と在日米軍（自衛隊）の本質

在沖米海兵隊は六月四日、「日米安保共同宣言」発表後はじめて、県道一〇四号越え実弾砲撃演習を強行しました。今年六回目だということですが、あの恩納《オンナ》連山は一五五ミ《ミ》リ《リ》ゅう弾砲を撃ち込まれて、赤茶けた山肌にまみれていることでしょう。

演習が行われたキャンプ・ハンセンには、私も仕事の関係で出入りしましたが、ハワイの演習場は人家から何十キロも離れ、不発弾もコンピュータで把握し、処理体制が執られているのに、沖縄では着弾点が密集人家から一・五キロの距離、不発弾処理もしない無法地帯であり、世界で最も野蛮な演習場といえます。

自国では規制出来ても、他国では無法行為を続けるアメリカの姿勢が問われます。

（日刊あおもり一九九六・六・一三）

○

安保「再定義」とは、ソ連の脅威から日本を守るということを口実にして作られた安保条約を、ソ連がなくなった下でも辞めないで、地球的規模にその目的を拡大、地球的規模とは、アメリカが起こした紛争なら、どこまでも行く。アメリカの権益を守るために安保があるということである。

実際、在日米軍の性格と本質とは……在日米軍基地は二つの殴り込み部隊＝空母戦闘機群と海兵隊遠征軍の前進基地となっており、このような二つの殴り込み部隊を抱えているのは、世界の中でも日本だけ。しかも、殴り込み部隊であるから世界のどこへでも出撃するのである。
その世界戦略の一翼を担っている自衛隊は、アメリカの殴り込み部隊の補完物といえると思う。その証拠に、アメリカ原潜を中心とした戦争のための航空機＝対潜哨戒機Ｐ３Ｃを保有し、アメリカの航空母艦を護衛するイージス艦を佐世保に配備しているのだ。日本には原潜も航空母艦もないことから見れば、まさに殴り込み戦争に参戦する補完物としか言いようがない。

（日刊あおもり一九九六・六・二七）

九　沖縄の現実と平和へのアプローチ

基地問題は、米兵による少女暴行事件が起きる以前と以後とでは、重大な変化がある。事件以前は、基地被害に対する個別の闘争が中心であったが、この沖縄問題は以後、基地被害を引き起こしている法的取り決め、在日米軍の治外法権的特権を許さないという新たな闘いに発展している。（内地的な見方かもしれないが、沖縄の人々にとっては最初からかも……）

沖縄県民が重大な決意をもって行動を起こす時、強調されるのが戦争体験であり、厳しい現実に直面して、原点に立ち返って考え、現実の課題を見定め、戦争と平和のために、科学的認識に迫ってきたし、迫りつつあると思う。確実に歴史を重ねた基地撤去の闘いが日本全国を揺り動かす闘いに発展していると実感している。

（日刊あおもり一九九六・六・二〇）

○

現実に米軍基地の撤退となれば、基地経済に支えられてきた沖縄経済、借地料で生活を支えている高齢化した地主等、沖縄県民の生活に跳ね返る＝この現実から、平和への原点を、いや平和への理念を見失う意見や発言もあることは私も知っている。もちろん、地主のなかにはそのような考えから基地肯定の立場で行動する人もいる。六月に行われた沖縄県議会議員選挙の結果は、その実態を投影する形（議員定数四十八名中の二十五名が太田県政与党側、他の二十三名は国政与党側）ともなった。

しかし、客観的な物の見方をすれば、太田県政が掲げるアクションプログラムは、必ずや達成される。県民の基地のない平和な社会への強い理念の証明が訪れることを予感させる。

（日刊あおもり一九九六・七・四）

○

戦後五十年目の昨年、当時の村山政権での五十年国会決議は終盤に骨抜き状態となり、特にアジアの国々の避難をあびました。

あのオーム教団の細菌兵器の実験と無差別殺戮や信者への虐待と洗脳は、旧日本軍七三一部隊（石井部隊）の中国国民への虐待、大量虐殺を思い起こさせたが、国民全体をオームの洗脳一色とした時代が過去にもあったといえる。国民全体への洗脳は、結果としてアジア各国への侵略、従軍慰安婦、中国残留孤児、国際法に違反する捕虜虐待や中国、朝鮮人などの強制連行等々の問題を生み出し、未だ解決の目途もたたない。

民間資金での賠償を拒否する従軍慰安婦問題、沖縄での実弾砲撃演習を本土五ヵ所に移転する問題では、移転予定各地での反対の声があがっているが、総論賛成、各論反対の身勝手ではなく、沖縄の人々に学んで欲しいと感じている。

決して沖縄の心は、本土移転を望んでいるのではない。一緒に基地撤去への闘いに立ち上がってくれることを願っているのだ。マスコミの「では、米軍はどうすれば？」の問いに、沖縄の老婦人が明解に答えている。

「アメリカに帰ればいいさ」

（日刊あおもり一九九六・九・五）

十　命《ぬち》どう宝

命どう宝（命こそ宝）、沖縄からの熱いメッセージを伝える映画「GAMA（ガマ）―月桃《げっとう》の花」（大澤豊監督）が完成した。一人の母親の視点から、沖縄戦を描き、戦後五十年を記念するに相応しい作品である。

沖縄戦の悲劇は、これまで映画「ひめゆりの塔」などで描かれてきたが、島ぐるみの戦に否応なく巻き込まれていった一人の母親を主人公にした映画は今回が初めてである。

沖縄は、隆起珊瑚礁の島、そのためガマ（洞窟）はいたるところにある。月桃は山野に自生するショウガ科の多年草（薬用植物）で、葉は餅を包んで蒸す等、生活に欠かせないものであった。

戦火が止んだ時、喜屋武《キャン》半島のガマから約八万人が生還したといわれている。すべての人に見ていただきたい作品である（この夏公開）。


（日刊あおもり一九九六・七・一八）

○

週一で投稿した連載が終わった。平和の問題では、例えば原水爆禁止の運動でも、大きくは二つの運動の流れがあるし、労働運動でも同じように身近に職場の中に二つの対峙する運動（組合）が存在している。

しかし、この連載の始まった時点から現在に至るまで、沖縄（日本）の基地撤去を命題とする〝平和〟を追求する願い（闘い）は、私はひとつだと確信している。沖縄の米軍基地反対の住民投票に結実した平和への理念は、やがて大国アメリカと、追随する政策しか打ち出せない日本政府の方向をも変える力となって、真の独立、永世中立国となって対等平等な関係でのアメリカとの友好へと発展するだろうことは、多くの紆余曲折を経ながらも、私には見えてくるのである。

物事の究極を探求することに通じる目をもって多くを見れば、現実の対立や分流は必ず伴うものだが、今日よりは明日へと社会の発展は、その主人公である人間（国民）が自覚すればするほど進むのだとの確信であってほしいと願う。まもなく選挙も近い。消費税アップなどの悪政の限りを国民誰もが望まないことも、また確信である。


（日刊あおもり一九九六・九・一九）

そして最後に

あの普天間基地の移転問題……沖縄県外移転に話が飛ぶと、各地でまたは、候補地に名前が上がった地域での大反対運動が起こる。しかし、多くの人たちが自分自身の問題として考えてほしいと願っている。

私は、沖縄に出向して二年間、家族と沖縄で生活した経験があり、安保の見える島＝沖縄の人々の思いも痛いほど感じながら、二年間生活してきた。それだけで沖縄の心を知ると言い切るのには無理があるかもしれないが、しかし、沖縄の人々は、国内唯一の戦場となった歴史を知る生身の人間の感情として、基地も軍隊もない平和な島の生活を求め、戦争に反対し、強い決意で平和へのアプローチをつづけているのだ。

大震災と瓦礫処理、放射能処理の問題とて、私はまったくひとつだと強く思っている。つまり、沖縄の人々と同じ気持ちで、基地撤去への闘いに日本国中が立ち上がれば、解決への新たな、多分考えもしない平和への道が見えてくるはずである。日米同盟と普天間基地の移設は絶対に動かせないものとの固定観念ではなく、大多数、いやすべての人々が幸せになるような方向に歴史を動かす、それができるのも人間なのである。

新たな問題も当然発生するだろう。力関係のバランスから、日本が危機に及ぶと心配する勢力もいるだろう。しかし、同じ人間として、同じ苦しみを感じて問題の解決のために同じように考えて行動する、そのことを学ばなければ、その先に輝かしい未来も発展もないだろう。

路上の凶器

この処女作ともいうべき「路上の凶器」は、二〇〇五年に書いたものだったが、五年半ほど後に発生した東日本大震災に見舞われて、持ち家もろとも喪失した。原稿データも印刷物すら失い、辛うじて残った一枚の概要版（たまたま残した概要版）が見つかり、思い起こしながら書き改めたものである。多少思い出せなかった部分や加筆した部分もあり、いわば復刻版「路上の凶器」である。大震災津波被害を記録したドキュメント「潮流列島」に先立つこと、約七年前のものだ。

このとき書いた大災害の予感は、当たってしまい、東日本大震災という大災害・大津波を経験するハメとなった運命を恨んでみても仕方のないことである。やがて来る私たちの子ども、孫世代に残すべきものは何か！

そんなことを考えながら、薄れゆく私たち世代が体験した経験と教訓が、未来の糧の一滴にでもなれば良い。と、念じるほかにない。

（二〇一九年十二月）

一　序章

室井俊介が役所に出勤した六月一日は、仙台出張の日であった。出発間際の一時、お茶を啜っていると、机上の電話が鳴って交換手の声がこう告げた。

「おはようございます。テレビ朝日からの電話です」

相手の声は、やや上ずっていたが、「テレビ朝日の酒井と申します。突然ながら、そちらで原因不明のガードレール接触事故が問題となっていないでしょうか。実は……」

室井は、その問を遮って、即座にそのミステリアスと騒がれ始めた事件の問い合わせに、よどみなく「ええ、存じております。私どもも異様な事故とガードレールに付着した金属片については疑問を感じておりまして、本省からの指令に従い、今日から管内の現地調査に入っていまして、当事務所管内でもその金属片が発見されるかもしれません。ただ、その報告が入るのは、早くても昼頃かと思われ、原因究明には時間を要するものと思います」

室井は受話器を置きながら、昨日の夕方、本省からのメールが転送されたこのミステリアスな事件によってもたらされた、全国一斉点検を各現場の国道を管理する維持出張所へ指示したことを思い出しながら、係長を振り返ってこう言った。

「係長、ガードレール金属片の件で、マスコミの問い合わせがもう一度あったら、分かったことだけ正確に伝えてくれよ」

すると藤谷係長は戸惑った顔で、「私がマスコミ対応をですか。いいんですか」と言うので、室井は係長を見返して、「そうだ。だって私はこれから出張だ。分かったことだけ正確に伝えればいいんだ」というと、「分かりました。課長会議でしたよね。一泊でしたよね」と、自信なげに書類を一枚めくって机上に目を戻したのだった。

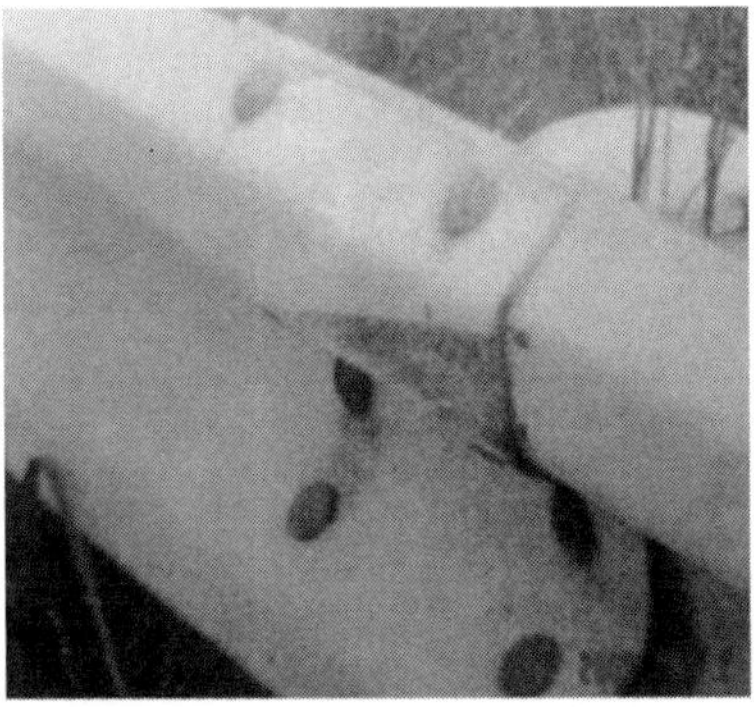

凶器と化したガードレールの接合部

このガードレール金属片事件の経緯は、次のようなことからであったが、謎が謎を呼ぶ展開は、やがて最絶頂のミステリアスな局面を迎えるとは、このとき室井も想像していなかったのである。

五月二十八日の夕方、埼玉県行田市の農道で自転車に乗っていた中学生が、ガードレールの高さ五〇センチの継ぎ目から突き出ていた包丁の形の金属片に左足をこすり、怪我をしていたことが行田警察署の調べで分かったというものである。この事故が五月三十日に報道となって、その後、ミステリアスな事件として、一気に全国を駆け巡ることになったものであった。

室井は、本省指令のメールとともに送付された記事を見て、直感的には車両接触で残った破片だろうと思ったし、あまり驚きもしなかった。マスコミ報道の過熱、騒ぎ過ぎだと感じたまでのことであったが、出発の時刻となったので、「では行ってきます。明日は金曜日なので、帰ったら真っ直ぐに山田へ帰ります」と、課内に向かって告げて立ち上がった。

仙台での会議出張は、東北地方管内の全事務所の技術系課長数百人あまりが一同に会しての一大イベントともいうべきもので、一日目は午後からの全体会議、二日目の午前中には、河川系技術課長と道路系技術課長の二分科会で行われる。

一日目、午後の全体会議が始まったが、各部からの連絡事項が続く中、道路管理部局の課長補佐が出席しておらず、カードレール金属片対応で遅れているとの説明がなされたのだった。しばらく経って、室井の携帯電話が鳴った。その着信は、盛岡国道維持出張所長の久保田からのものだった。室井は久保田からの現地調査の報告を聞きながら、会議場所から席を立ち、扉を開けながらホテルのフロアー側に出て、「課長、金属片が発見されました」との報告を聞いた。

場所は石鳥谷こ線橋で、三から五個見つかったと久保田が言ったので、「記者発表になるから副所長に連絡してくれ。写真は撮っただろうな?」と、問いかけた。

「はい、撮りましたが、誰かのいたずらでしょうか……異様な形です。破片は寝てますが、起こした写真も撮りました」と言ったので、「異様な形? 包丁の先のようなんだろう」、「えっ、包丁の先ですか、なんか二等辺三角形ですねぇ」と、確認の受け答えが続き、「写真は、記者発表に使うものを副所長と相談して決めるようにしてくれないか。現状の状態を使うんだぞ!」などと受け答え電話を切り、席に戻った。

室井は、会議が終了するまでの合間に色々と考えていた。どんな事故が起これば異様といった形の破片が残るのだろうと。ただ、新聞報道記事は見たものの、その形の写真は記事にはなかったので、その異様な形を室井は確認していない。

やがて会議が終了し、夕方五時過ぎからは、多人数での立食による懇親会が恒例であり、室井も知った顔が並ぶテーブルへ立った。道路系課長の間では、この金属片事件の成り行きで話が持ち切りであり、隣にいた郡山国道事務所の関向工務課長が一枚のファックス用紙をポケットから出しながら、室井を含めた数人に語りかけた。「これは、郡山の記者発表だけど……、それが何とも奇妙な形なんだよ」

室井は、関向から用紙を取って、その記者発表の文面と、見えにくいファックス画像の写真で異様な形を初めて見たが、写真以上にその文面が気になったのである。原因不明ながら、誰かのいたずらと思われます、とたった一個の原因をいたずらだけで締めくくっていたのである。何か違うなあ、いたずらと決めつけ過ぎている、と室井は思うのであった。ただ、関向課長は道路管理課長ではなく、改築系の工務課長なので、突っ込んで言うことはしなかった。皆がいたずらと思ってしまっている。マスコミ報道の過熱が招いた嘘っぱちだと思いたいが、事故による残骸と思える領域を越えてしまい、否定する確固たる原因を示せないもどかしさを感じる室井であった。

室井は、郡山国道の記者発表の文面を真似して、自分のところもこんな記者発表をしてはいないだろうかと、多少気にはなったが、久保田が撮った写真を現状の状態で使うんだぞ！　とも言ってあるし、藤谷係長には、分かったことだけを正確に、とも言ったのだから大丈夫だろうと、多少気になりながらも、週末の出張を終えて一週間ぶりに自宅への帰路に着いた。

二　ミステリアス

翌六月三日の土曜日の朝、室井は自宅でいつものとおり五時には眼が覚めた。隣で寝ている妻を横目で見ながら、そっと起きて階下の部屋で運動着に着替えると、日課となっているウォーキングに出発した。妻に「もう引っ越しはいや！」と言われて、多賀城の官舎時代に買った中古住宅も、住み始めて一年が過ぎた。

岩手の奥山里で中学まで暮らしていた室井が、自分の家を持つことなど考えたこともなかったが、成人した二人の子どもたちには、「山田町?、いったいそこはどこにあるの。なんで山田なの」と言われたが、妻も私もこの地が大変に気に入っている。子どもの頃、暮らしていた山奥に比べれば、夜に窓を開ければ国道を走る車の音が微かに聞こえ、コンビニ、スーパーマーケット、ホームセンター、ラーメン食堂も周りにあって、山田町役場のある繁華街から二キロメートルほど離れた二階のベランダから海の見える我が家は、田舎町だが、お気に入りの生活空間である。

住んで一年といっても、今、この家を持ってから四度目の単身赴任生活である。山田から盛岡まで、三度目の勤務となる岩手河川国道事務所がある上田までは、車で片道二時間半はかかるが、単身赴任先でもここ一年あまり、毎日一時間半程のウォーキングを欠かしたことがない。

週明けの月曜日、室井は副所長室で係長の藤谷と後藤副所長とで、金属片の現地調査結果で打ち合わせをしていた。管内で見つかった同様の金属片は、七〜八ヵ所、同じ岩手県内の三陸国道管内と合わせれば、ほぼ二十ヵ所程であったが、最初に室井がこう切り出した。

「副所長、確定した訳でもないのに、悪質ないたずらと思われるに限った発表は良くないですよ。それに発表のこの写真、破片はこのように起き上がった状態だったんですか？これでは、問題となった接触事故が無かったとは言い難いですよ。突出していたのか、寝た状態なのか、どっちだったんですか」

すると、副所長の後藤は、改めて写真を見ながら、「どっちなんだ！」と藤谷係長に眼をやりながら、「大体、お前が居ないのが悪い」と、室井に向かって怒鳴りだした。

室井は「そんなことを言われても、私に出張命令を出したのは誰ですか。管理担当の責任者は道路副なんですから、記者発表の文面や発表する写真は厳選のうえ真実のみ伝えるのが鉄則ですよ。何ですか？　誰かのいたずらと思われるとは？　どうせ郡山の発表を真似したんでしょうが、私は事故、それも車両接触による破片が残ったものだと思うんですがねぇ」と答え、二人の言い争いに藤谷係長は困惑していたが、握っていた電話（ピッチ）で盛岡国道維持出張所長の久保田に電話し、「破片は、すべて寝た状態で、引っかけて怪我に及ぶ心配はない状態だったそうです。写真を撮る時に金属片が良く見えるように起こして撮ったそうです。課長の言うとおり、郡山の記者発表文をそのまま使ったのは私です。すみません」と頭を下げた。そして、現状のままの写真でなかったこと、推論でしかない真似た文面だったことが確認されたのだった。

一体この金属片は、全国調査でどのくらいの箇所となるのかはまだ分からず、週末でなければ結果はでないだろう。岩手河川国道管内の八ヵ所、十三個ほどの金属片調査結果を持って、三人はそのまま事務所長室に報告のために入った。小関事務所長は、にこやかに三人を迎え入れて、報告を聞きながら、「今回は、大変でしたね。騒がれていますが、事故がなくて本当によかったですねぇ、これからもしっかりと管理よろしく」と、三人を労ったのである。小関事務所長は、細身ながらスポーツ好きで、職員とチームで駅伝マラソンを走り、職員への接し方も、歯切れよく元気一杯の北大卒のキャリアである。

このミステリアスなる未知ともいえる遭遇は、やがては、室井が推定した事故の産物として終焉を迎えるだろう。と思うところにどこか確信のような感慨をもちながらも、そのストーリーが描けないもどかしさが室井を支配するのだった。

六月九日、全国調査の記者発表があって、「金属片は三万八千ヵ所……。国土交通省集計」、「金属片、来週中には原因特定へ……社会的不安取り除く」などの報道となった。同時に、調査委員会が設置され、現場再現実験を経た原因究明がされることを報道していた。

人間は、自分の想定外のことに対して、何かが、あるいは誰かが引き起こしたことに違いないと考えがちである。自分がやっていないことを良いことに、他人のせいにしたり、想像を超える自然災害などに対して、恐れおののき、時には神の仕業とでもいいたげである。宇宙、天体、地球、自然の様を深く学び理解し、いつかは来る自然現象の極限的事態、気象変動などによる干ばつ、豪雨、地形変動や火山活動が引き起こす、人間の力では及ばない事柄と、人間が愚かにも繰り返す過ち、おごりが何を招くかを考えてみてはどうだろうか。

昨今、執拗に小さな悪事を追いかけまわすマスコミ報道、どうでも良いことに多大な時間を費やし続けるマスコミ報道の過熱には、いつも室井は、何かが違う……、もっと大切なことがある、などと思案を巡らすが、室井自身も、大切なこととか、自分の生甲斐（やりがい）に辿り着くことができない。いや、誰もが満たされ続ける人生の道を探して、さ迷い歩く迷い人かもしれない。だが、自分がしたことでないからと、他人のいたずらと決めつける事象でないことぐらいは、見分けられないのだろうか。今回のガードレールの接続部に挟まった金属片は、明らかにいたずらではない。全国三万八千ヵ所にも及ぶいたずらなどあり得ないではないか。たった一ヵ所だって、窮屈に挟み込まれた金属片を見れば、破片が曲がった方向に強い力で擦られて曲がった結果を物語っているではないか。

　ガードレールは、土中式の支柱間隔が四《メートル》、コンクリート埋設支柱で二《メートル》だが、レールはその支柱間隔の長さが最低でも必要なので、四《メートル》のレールを重ね合わせて支柱部で接続固定している。またこのレールは、中央部が凹状で両端手前が凸状となっているが、これは四《メートル》と長いレールの特に支柱と支柱の中間部が弱くなるので、鋼板に強度を持たせる意味合いからである。無制限に長い鋼板は取り付ける上でも限界があるので、鋼板を重ねていく以外に方法がないわけで、この接続部には重ね合わせの段差がある。この段差ゆえに、擦りつけられた金属が挟まったとしか言いようがないと、室井は当初から確信していたのである。

三　見えだした真相

六月九日の全国調査結果報道後も、マスコミ報道の過熱は凄まじいものだったと室井は振り返っていた。「誰かのいたずら」から「組織的な犯行」説まで飛び出す様を見聞きしていると、現代社会の危うささえ感じる室井であった。

この時点で、室井は事故に絞り込み、そのストーリーを次のように描き出していた。岩手に限らず冬道は、路面が凍結していて滑りやすい。今年の冬には室井自身、単独だがカーブで溶けだした雪のアイスバーンをタイヤが踏み、あわや対向車と衝突かという危うい単独自損事故を経験したばかりだった。室井の事故の場合、路側には除雪された雪の壁で、ガードレールは埋まって見えていなかったが、反対車線の雪壁に乗り上げ、ハンドルを切り過ぎて再び、元の走行車線の雪壁に擦り付けて止まって、幸い車両の左前部とサイドミラーを破損しただけで済んだ。反対車線に飛び出す事故からほぼ間違いあるまいとの確信を得たのであった。

日本の道路は、左側走行である。ガードレールの継ぎ目のことを前に書いたが、鋼板レールは、走行方向に先の鋼板レールが下側に重ねて支柱部分で二枚の重ね接手部を鋼板同士でボルト止めし、羽（レール）の中心部で支柱に貫通止めとなっている。つまり、走行方向には上重ねの羽があり、反対方向からぶつかった場合、それもレールと並行に際どく擦り付けた場合、上重ねと下重ねの出っ張りで車の鋼板が薄く捲れて、隙間に挟み込まれるのではないのか。車はスピードがあって擦り付け続けて走りながら止まる。そのときに車の鋼板が薄く捲れてちぎれた金属片が残るのではないのだろうか。何もぶつかるのは、走行方向のガードレールとは限らないのだ。もし、外国だったら走行方向の逆に同様の傷跡が発生するだけのことである。

室井は、走る側での事故想定しか考えられなかった自分の狭い見識領域を何とか突破して、確信の結論を自分なりに見つけ出したのであった。

六月九日の全国調査結果から間もない時点での確信となった室井にとって、調査委員会の原因究明発表は、もはや、さして興味あるものでもなかったが、その結論から導き出されることのほうに関心があったのである。つまり、原因は室井の想定どおりの結果だろうことが見えていたものの、それによって道路管理者に課せられる課題が浮き彫りとなるだろうことのほうが、室井には感じられてならなかったのである。

そのことが、どんなことかも多少なりとも予測されて、これからの自分たちが日々の仕事でやるべき課題・ノルマが今以上に厳しくなるのではないか。人員削減で現場管理の出張所には、今や出張所長の外に二、三人程度の職員しかいない現実を室井は、考えていた。

自分の関心事以外には、あまり興味も寄せない社会は、隣人の生活さえ関わりのないことであり、希薄な人間関係は、内に内在する人の心の奥底までは見通せないまでも、孤立していく人間社会の病を肥大させていく。つまり、自由なる故の身勝手さえも許すことで、誹謗中傷も含めて、個人の自由領域と受け流す社会風潮を生み、やがて何が真実で、何が正しいことかの区別さえされないままに、極端にいえば社会悪をも正義と履き違えることにもなりかねない。

道路は、普段に往来の用途として使用され、特別に日々の生活の中では、その有益性や有難さ、大切さを感じさせないし、感謝の念が常々沸くというものでもないだろう。

しかし、一旦自然災害の脅威に直面して、道路決壊とか通行不能に陥ると、社会生活は窮地に立たされる。何も特別に道路だけではないが、社会生活のインフラ被害が及ぼす結果は悲惨な人命にも関わる重大事である。人命に関わる衣食住の第一は、食……水がなければ人は生きられない。食べ物がなければ、生き続けられない。衣……着るものがなければ、人は生きられないか？　人類創世時代、人は食で生き永らえたが、天候によって、寒さをしのぎ生き永らえるために着る物を身に着け、睡眠という生きるための休息……住を必要としていく。食も衣も住も、自然がもたらしてくれるものである。豊かな自然が食べ物を、気候（自然）は着る物を、住（住処）も、心地よい自然環境がもたらしてくれるものでもある。

この自然社会にもたらされた人々の交易の場をつなぐ道は、その後に形成された社会インフラであり、いまでは、より早く安全にと、高速自動車専用道路、一般国道、都道府県道、市町村道に至る道路ネットワークが、社会生活をより豊かに生きる人間社会を支えている。

社会基盤を支える道路を、安全快適に使うために道路が造（改築）られ、守（管理）られている。この道路の必要性や大切さの一方で、交通災害、渋滞、排気や騒音公害の度合いも増し、人々の自然環境への配慮や利便性の観点から多くの論争があることも承知の事実である。だからこそ、生活道路となる寄り身近な道路には、日々の安全安心を提供するというえで、放置できない日常の道路管理が必要なのである。

室井が社会人となった一九七〇年代初頭、上向き景気がまだ残っていた時代であった。公務員試験には合格したものの、採用通知が届かないし、民間の建設会社採用と二股の中で、受かった会社を断って採用通知を待つが、高校の卒業式が迫っても通知が届かず、焦っていた。やっと届いた採用先は、当時、建設省の東北地方建設局三陸国道工事事務所であった。

あれから三十年以上の時が過ぎ去ったが、ずっと道路屋と呼ばれる道路関係部署を生きてきた。特に道路管理部署が、自分でも長いと感じている。出向して沖縄総合事務局南部国道事務所時代も道路管理であり、米軍基地での米軍当局者との折衝を経験したりで、道路管理に対して感慨深い経験が多い。

だからでもないが、ガードレール金属片事故がきっかけとはいえ、ミステリアスなる事件の展開は、謎解きでも何でもない、真実探求の胸が騒ぐものであった。

四　事の終焉

ガードレール金属片事故（事件）の調査委員会座長には、岩手県立大学総合政策学部の元田良孝教授が就いたが、元田さんは、建設省出身で、関東地方建設局東京国道で事務所長経験もあると、室井は記憶していた。

現場再現の実証実験が想定されている以上、明らかに室井の想定レール上に絞り込まれていることを確信するものであったし、発表は近いと思っていたのだが、八月に入ってもマスコミ報道はされず、事件の記憶も少しずつ遠ざかっていった。

いつも思うことだが、大潮が引くように大騒動も時とともに忘れ去られていく。無駄な公共事業の矛先が強く道路に向けられたこともあったし、あの八ツ場《やんば》ダムが実施計画着手（一九六七年）から附帯工事着手（一九九四年）まで、二十七年を要したが、事業費増額が度々あったり、当初からの反対運動もあって、その均衡が崩れ始めている。室井は、近い将来、民主党政権となって、事業凍結の事態すらあり得ると予測する。

そもそも、最近の社会資本整備の理念についてだが、あまりにも本質を履き違えた公共事業論ともいうべき考え方が横行しているように思えてならない。道路には、道路屋として歩んできたからだけではなく、いささかの思い入れが室井にはある。

辺境の地で一〇キロの道を通った中学時代。冬の道、夜の道、当時二キロあまりの集落奥の家から、主要県道を経て自転車での通学が主体だったが、県道を含む全区間とも砂利道で、よく自転車のパンク修理に明け暮れたものだった。おかげで、自転車修理は、パンクだけでなく、ほとんどすべての修理がこなせるようになった。

三陸沿岸の海に突き出た船越半島の山田湾の中ほどに、大浦と呼ばれる入江の漁港があり、その湾内のほぼ向かい側に大沢という昔からの小さな漁村集落がある。大沢川という小河川が流れ込む河口付近に、昔盛んだった捕鯨の町に相応しく、鯨の荷揚げ昇降施設があって、今でもその名残りを留める風景の穏やかな田舎町である。そして、眼の前を国道四十五号線が三陸沿岸を縦に走り抜け、この沿岸市町村を結ぶ唯一の道路となっている。

室井は、この山田町大沢の地に終の棲家を最近構えた。下の娘が県央の高校に入学するまでは、家族を盛岡に置いた単身赴任だったが、娘が高校に通うには、室井の単身赴任先の水沢市から汽車で十五分ということから、妻と娘が水沢に引っ越して、上の息子はその春、北海道の専門学校へ入って家を出たが、これからも延々と続く引っ越しと思われた頃から、妻と二人で終の棲家を探し始めていた。そして、娘が大学に入ったとき、妻の姉夫婦が山田町の隣、大槌町で親の代からの土地に新居を建てて間もない頃だったが、あなたたちは、沿岸に住む気持ちがないかもしれないが、良い家があると紹介されたのが、リフォーム中で販売前のこの家だったのである。事前に見学にも出向いて、妻は乗り気だったし、北上市周辺での家探しのなかで、「やっぱり海がいい」という妻の言葉に、室井もなんの異存があるわけもなく、即決したのであった。

　娘が大学に入った時は、室井は多賀城での単身赴任中だったが、盛岡で妻一人の生活となったのを機に多賀城に引っ越して、単身解消の生活となり、二〇〇四年一月に、この家を購入し、四月には、室井が転勤で、盛岡の岩手河川国道事務所勤務となったので、多賀城を引き払い、山田町の持ち家に最後の引っ越しとなったのだった。ついに手に入れた家、辺境、僻地といわれた子ども時代の家からは想像もできないことだった。室井が社会人となった時代、鉄道も宮古と釜石を走る以外なかったこの沿岸の地……三十年あまり前、七時間もの時間を要して、一〇〇キロに満たない距離でしかない県北の久慈から八戸、盛岡経由で宮古に赴任した社会人一年生の年に、国道四十五号線が全線開通となり、その後、全国初といわれた第三セクター方式での鉄道も開通して、悲願百年といわれた三陸縦貫の鉄道も繋がった。

今、三陸縦貫自動車道が仙台から宮古間の開通を目途に建設されている。その一方で、もう道路は要らない。という大都市圏の総意が幅を利かせ、都会の人々は、それが常識とさえ思い込んではいないだろうか。昔に比べれば、みちのくの果ての果てと呼ばれた三陸沿岸の町々も近くなったが、少子高齢化時代の到来とともに、この地方の将来の不安は、医療と津波などの災害による被災や孤立への不安ではないだろうか。

道路はもう要らない、それが大多数の総意だとしても、都会のあり余る社会資本と平等さを欠く地方の命の道を……要らない道と切り捨てられるのだろうか。人は都会に集中し、豊かな生活を手に入れたが、この先地方も含め人間社会に降りかかるのは何だろうか。

この金属片事件に遭遇して、身勝手な思いや考え方を真っ向から否定などと、乱暴な戒めなどするつもりもないが、自分の身勝手で他人を巻き込んでほしくはない。自分のエゴで苦情を寄せる人々とも接してきた室井にとって、自分可愛さに相手を眼の仇にする哀れ愚かな人間たち。しかし、魔の刃は忽然と牙を剥くのだ。金属片のごとくに……それが自然の災害、いや他の脅威かもしれないが、想定を超えて愚かなる人間に襲いかかるのだ。

考えてみれば、それは自らが招いた刃ではないだろうか。

路上の凶器が出現してから、二ヵ月あまり、調査委員会の結論が出た。金属片の原因は、やはり想定の域であったが、もう一方も、ほぼ想定の域であったことを噛みしめる室井であった。日々の道路施設の変状を捉える道路巡回に定期点検の組み込みを提言したのである。定期点検は、巡回要領にも最初からあり、行われてきたものである。ただ、今回、室井は思う……。水沢勤務時代に定期巡回として、徒歩による巡回を毎日の通常巡回に組み入れ、その日の経路の一キロは歩く巡回だったが、今回の金属片を発見した記憶がない。その金属片が水沢管内でも発見されて、人間の注視力などあてにならないことが証明される結果ともなったのだ。

ただ、その年の暮れ近くなって、室井は納得がいかずに、水沢時代の巡回日誌を一年分調べてみたのであった。本当に人間の注視力はあてにならないかの検証のためでもあった。その結果、今回の金属片をはっきりと記録した写真とコメントが記載された日誌を発見したのである。日誌のコメントにも注目したが、次のような記載がされていた。

「車両接触の破片と思われますが、破片による二次的事故などの危険はないと思われる」

このようにいたって冷静に受け止めた記載であったことを最後に申し添えておく。

五　真の刃

路上の凶器がミステリアスなる事件と騒がれてから、四ヵ月あまりが経過した。室井は今もウォーキングに余念がない。

盛岡は城下町であり、単身赴任先の宿舎がある北山周辺には、北山寺院群と呼ばれる多くの神社仏閣が点在している。南部藩主の菩提寺、墓地群もすぐ傍にあって、晩秋間近い舞い飛ぶ落ち葉を踏んで、南部藩主の菩提寺の百四十段あまりの石段を登れば、静かな林である。そこには何代あるだろうか、南部藩主の大きな墓標群が建つ丘陵地の丘……いや、林……森がある。

南部（盛岡）藩は、戊辰戦争で幕軍側にまわって、哀れ敗戦の憂き目をみる。そこには、悲哀なる歴史を語る墓碑があり、室井の注意を引くのである。詳しく語れないので、ネットから南部藩の悲哀を引用すると、次のとおりである。

南部藩の悲哀……戊辰戦争の時、会津藩を守って薩長に抵抗するという趣旨で、奥州列藩同盟が結成された。しかし、薩長軍が錦の御旗を掲げ東北に進入して来たときに、その勢力に恐れをなして同盟結成の主動者であった仙台藩、米沢藩があっさり官軍に寝返ってしまった。そのなかで、南部藩は愚直にも同盟に留まり、官軍側の秋田藩に出兵し戦っている。そのときには、すでに味方に仙台も米沢藩もおらず、結局は会津藩とともに賊軍グループに転落してしまったのである。京都守護職を務め長州藩の憎しみをかった会津藩の陥落はしょうがないとしても、隣国仙台藩の義理から加わった南部藩も賊軍グループの汚名をきせられ、藩首相ともいうべき楢山佐渡は、盛岡北郊の報恩寺で処刑された。勿論、南部藩は維新政府から悲哀をなめさせられ、南部藩発祥の聖地であり、南部藩の第二の首都というべき八戸は、情け容赦もなく津軽藩の青森に加えられてしまうのである。

南部藩家老の楢山佐渡の墓碑を読み、彼の立場で考えたときは、なんと空しいことか、と室井の眼元から一筋の涙さえ零れるのであった。この楢山佐渡の墓は、菩提寺に向かって右奥だが、菩提寺正面の百四十段の石段を登れば、南部藩主の墓標群で、その丘陵地を登り詰めると、高松の池に通じる小路に通じている。逆に、国道四号を渡って左手側へ進むと、盛岡グランドホテル側に再び国道下をくぐって行く一帯が、北山寺院群である。楢山佐渡が処刑された報恩寺や岩手県の手ともいわれる手形石のある三ツ石神社もこちら側となっている。この寺院群から高松の池周辺が普段の室井のウォーキングコースとなっている。

室井は、このほかにも二、三のウォーキングコースを二時間近くかけて歩くのが日課となっている。明け方の薄暗い時間帯にスタートすることもよくあるが、朝が待てずに夜の街並みも歩き、一日に二度、二〇キロ近くを歩くこともある。これほど歩けば、ほぼ盛岡の道に不案内はない。

そうしたウォーキングの道すがら、歴史散策も室井の楽しみである。高松の池周辺と上田通りでは、新選組隊士で盛岡（南部）藩士の吉村貫一郎が主人公で映画化された、浅田次郎原作の『壬生義士伝』。その吉村貫一郎が盛岡で住んでいた上田組町の足軽屋敷、その傍の正覚寺門前で、花売り娘で後の妻に出会う、等々、知られざる歴史にも触れることができた。

しかし、五月末日の金属片に端を発したミステリアスな事件から四ヵ月半ほどが過ぎ、十月半ばに差しかかると、木枯らしの季節も近づき、冬の除雪、豪雪や雪崩による通行不能等、苦い経験が室井の頭をよぎるのだった。

台風、豪雪、気象変動の激変時代の到来を思う時、今、私たち日本の未来はどうなるのだろうと……。国土が、自然が疲弊し困窮の底にあるように思えてならない。休耕田、田畑の荒廃が進み、山野は荒れに荒れている。野生の熊に遭遇するニュースがとみに増えている。アメリカのハリケーンや日本に襲来する台風は、止まらない二酸化炭素排出のツケだとの説がまことしやかに囁かれ、いつかきっと、魔の刃（真の大災害）が愚かなる人間に降りかかる、と思えてならない。

それは、他人事でもなければ、責任をなすり付けて解決することでもない。自らが招いた愚かゆえの刃ではあるまいか。

こうした思いは、書き進めていくうちに感じてしまった不安である。金属片は事故の産物であったのだが、人間は、元々は心優しさと親切心をもっているが、意にそぐわない、または想定外の場面において、狂気の沙汰とも思える異常行動にも走る。不安や恐怖に対して、暴れだす多くの動物と同じ生き物だから仕方のないところだろう。誰も見ていないところでは、自己中心主義に陥りやすい。正義という名のエゴにも陥るものなのである。

「路上の凶器」という題材は、直面した不可解な事件であり、事故の産物、日常の出来事ながら、たしかにミステリーではあった。おそらく金属片を見つけた人は、異様さに多少とも驚き、引き抜こうとでもして、べったり張り付いている金属片を起こしてみたが、抜き取れないまま放置した結果、刃物の状態となり、ガードレールに接近した自転車走行の足（ペダルを蹴る膝付近の脛）に怪我をしたものだろう。

その結末としての本質に辿り着いたときは、何気なく通り過ぎる時代の流れの中に、自分を含めた愚かさゆえにやり過ごしてしまった、私たち人間の結末さえもが見え隠れしたのである。

長い公務員生活のなかで、大げさに言えば「国民の生命と財産を守り、防災のエキスパートたらんとか、日々の暮らしに貢献する社会資本整備・保全に、自分は使命感をもってきた」との思いからか、これからの若い人たちには、社会的使命感と正しい理念、哲学を持て！　などと偉そうなことを並べてきたような気がする。

しかし内心では、もっと本質の……控えめながら強靭な意志（心）と、人間社会を人間らしく生きる術をもち、たくましくもしなやかな心で、自然とも共生して生きる、神々しく、香り高い、そして賢いヒトの生き方がしたいものだ、との思いが心から滲みだしてくるのである。

自由な孤独に

自由な孤独に

エッセイでも随筆というものでもないだろう。

時折、思いついたように書きなぐり、後で何が言いたかったのかと、書きなぐったその時の心情とは異なる続き文を書き加え、我ながら違和感を感じる時がよくある。

人は散文の世界に生き、ひと言で足りた心情をつなぎ合わせて書き残し、何かを欲する者なのか。

これからも綴るであろう「自由な孤独に」打ちひしがれるのか。喝采を自らに送るのか。

「自由な孤独に」続く……（続かない）言葉を探して、題名とした。

我、在りし日の記録として。

時は、一瞬の間《ま》を重ねた経過であって、歴史、時代をつくる。

空間にも時が存在し、世界をつくるのか。

何世代が訪れ、何世界が過ぎ去ったのか。

夏油登山

異様なほどに鮮やかな青紫色の花が、丈高い草花の間に燦めいている。何の花なのか思いつかないまま、その藪をかき分けて、急登を斜めに登って山肌がガレ場となった稜線の手前に出た。

そのガレ場は、荒廃し切った草木もほとんど生えない幅三〇メートル程度の斜面となり、上に見える頂上へと続く稜線から一〇〇メートルあまりも下へと続いている。そのガレ場の位置は、登山道の半ばから見えていた北西斜面の頂上直下であり、その形状から間違いなく頂上手前に達したことを教えてくれたのである。

その幅三〇メートル程度のガレ場斜面を横切って、縦尾根に取り付き、その尾根上の斜面を真っ直ぐ急なガレ場を上に向かって登る。わずか一〇〇メートルもない急登なガレ場には、上の方から垂らしたロープが所々にあり、掴まらずして自力ではとても登れない最大の山場が稜線まで続く。

　春早い四月初旬、まだ深い雪山トレッキングでスタートした四年目を迎えた登山も、この山で十四座目となる。夏油三山に数えられるこの山は、標高一三四〇《メートル》と、それほど標高が高いわけではないが、九合目手前の最大の山場であるこのガレ場まで、三時間もの時間を費やして到達したのである。

　垂らしてあるロープなしでは、到底登れそうにないこのガレ場を三十分あまりも要して、やっと稜線に取り付くと、右手に深い樹林帯の登って来た登山経路が見え、正面の斜面のガレ場の先には疎らに民家が見えて、その遠い先には街並みが眼に入ってきた。息を切らして登ってきたので、ここで一休みと座りかけて、先を見れば灌木の中に建つ白い杭が眼に止まった。そこまでわずか二、三十歩なので歩を進めると、それは九合目と書かれた標柱であった。そしてそこからは、緩やかな登り斜面の先に頂上らしき姿も間近に見え、後二、三十分もあれば頂上だろうと気も緩み、ザックを下ろして座り込むのであった。

　このやや危ないガレ場を登り切り、今、九合目だが、ガイド本での標準コースタイムは、登りが三時間、下り二時間二十分と紹介されているのに対して、すでに九合目で三時間半ほどが過ぎてしまっているので、今回の山も登りで一時間オーバーかと思いながら、あの青紫色の花は、一体何の花だろうと振り返った。

今回もいくつかの花々が咲いていたが、桃色のあれはオニシオガマだろうとか、最近の山登りでは、いくつかの花の名前も覚えたが、今回も名前を知らない小さな花たちがいくつか咲いていて、写真に収めておいたので、帰ってから知りたいと思った花は、野生植物図鑑とか高山植物図鑑などの小冊子で調べるつもりでいる。ただ、収録の数がそれほど多くないために、半分以上は分からずじまいとなる。どうしても知りたい時には、ネットでの検索を試みるが、特徴や形、色だけで辿り着くことは容易なことではなく、簡単に諦めてしまうことが多い。

最近気づいたことでは、ハヤチネウスユキソウだが、ウスユキソウと名の付く高山植物も何種類かあって、ミヤマウスユキソウとは、御山のことであって、極々その辺の山（御山）にある種類と、自分なりに解釈している。それに対して、ミネウスユキソウとは、中部地方の岩地にだけ見られるのがミネウスユキソウだという。また、地域の名前が頭に付く花名も多く、レブンウスユキソウなどもそうだが、そうなると今度は花としてどこが違うのかと、悩んだりすることも度々である。見れば見るほど似ていて、違いが判らなかったりするからである。

そろそろ頂上を目指してと立ち上がりかけて、下山する登山者が見えた。この山で三時間半以上誰とも会わず、今回も一人かと思った矢先のことなので、なぜか嬉しい。「こんにちは」とお互いに声掛けして、頂上を目指す足取りも軽い。二十数分で頂上に達すると、傍らにリンドウの花株がひとつ咲き、それほど広くはないが、ざっと十畳ほどもあろうか、ほぼ平らな頂であった。

頂上で一人、おにぎり一個とバナナを食べながら、今日も一人かと、薄ら笑いを浮かべ、孤独の世界にいる自分を自覚するが、自分には孤独感は最近はない。孤独から逃れるように週末の山登りが続いていた頃とは違い、自由な孤独が嫌いなのではないと思うこの頃となった。思えば昔から孤独な時を過ごすことが多かったように思う。誰だってそうだろうと、自分を励まして生きてきたようでもあり、楽しむ知恵がついたのだろう……と。

下山は、ほぼコースタイム通りの二時間半で夏油温泉登山口に無事下山となった。登り四時間、下り二時間半で、トータル六時間半の所要時間は、平均的な登山コースタイムであり、距離的にも八・八キロメートルは、ごく平均的な距離だろう。

自分の体力換算での一日の距離と時間は、一〇～一二キロメートルで、八、九時間が限界だろうと、これまでの登山から割り出してみるのである。この限界を越える山への挑戦は、当然泊まりが伴うが、最近、それでも登りたい山が少しずつ増えていく。山は自分に力を与えてくれるものなのである。八月三十一日、夏油三山、牛形山登山で、今年十四座目の登頂は、終日好天に恵まれたのであった。

帰宅して、気になっていた青紫色の際立った花名を調べたところ、キンポーゲ科トリカブト属と判明した。

（二〇一九年八月）

知床旅登山

胆振総合振興局のある通りからどのように走ったか分からない。登別室蘭インターが近いことをナビが教えていた。違うなぁと私は思わず呟いた。室蘭港でフェリーから降りる時に、目的地を慌ててセットしたが、当初想定した経路からスタートしていないことに気づいて、頭が混乱してしまったのであった。

フェリーから車で降りる順番待ちのわずかな時間でセットし始めた時、ものの五分も過ぎないうちに走行指示が出てしまい、飛び出さざるを得なくなり、目的地はセットしたものの自動車道のインターチェンジ等の最初の経由地を確認しないままであった。

いかん、どこかでナビをセットし直さなければならないと思うが、停車可能な空き地もなく、しばらく走行し、やっと空き地を見つけてもう一度セットし直すことにした。

まず最初に、現在居る場所すら分からないここから、室蘭インターに乗り、道央自動車道を札幌方面に走って、千歳恵庭ジャンクションから道東自動車道でより知床に近い阿寒インターを経て、清里町を目指すことだった。室蘭インターへ向かえば、大きな道を通るはずで、夕食をとるお店も見つけやすいことを予測してのことであった。

再セットを試みるのだが、どうしても道央自動車道から旭川方面経由のルートが選定されてしまい、その距離も七〇〇キロあまりと出ている。事前の調べでは、五〇〇キロ台のはずと、何度かやり直して思い通りにセットしたが、思わぬ時間ロスとなってしまった。要らぬ時間と無駄な距離を走り、燃料を途中で入れなければ到着しそうにないではないか。夜中に走行して、明け方前に登山口到着の予定も危ぶまれると考えながらも、全国チェーンの製麺店で、天婦羅うどんとおにぎりの夕食をとり、今度はガソリンスタンドを探すハメとなった。

燃料タンク満タンでスタートしても、到着と同時に燃料切れとなるだけの距離を走らなければ、登山口に達しない。そのことがやや不安ではあったが、走るしかない。道央から道東へと車を走らせた。三〇〇キロほど走って気づいたが、高速走行で燃費アップもあって、目的地までの距離と、この燃料で走れる距離が拮抗し、なんとか給油しなくても到達出来そうな状況にホッと胸を撫でおろし、夜の北海道を疾風のごとく走り抜け進んだ。

午前二時半をまわって、清里町へ入ったと記憶しているが、途中たしか美幌町を通過し、当初計画の経路でない最短をナビが選定したのだろうことが分かった。休憩しようとした道の駅「さっつる」を通らない経路を経て、清里町へ入ったからで、清里町の街中を小さく一廻りして、今度は斜里岳の登山口方向が分からない。最初に登山口となる清岳荘まではナビ登録できず、清里市街地セットで走ってきたからであった。

ナビの地図にて登山口の清岳荘を捜し、地図上で目的地をセットして、ホッとした。市街地から登山口まで約一四キロあるらしいが、後はナビが目的地まで案内してくれるので安心である。ただ、ここまで走り続けて、燃料はあと四〇キロほどしか走れないことをしめしていた。まだ夜中であり、スタンドが開いていないし、ギリギリだが、斜里岳に登頂し、下山後に給油すればよいと、燃料メーターを信じて車を走らせた。

午前三時を少しまわって、清岳荘に到着した。キャンピングカーが一台と乗用車が三台ほど駐車していたが、駐車スペースは充分余裕があることにひと安心。なんとか七時間ほどの時間を要して、目的地となる斜里岳登山口に無事到着した。まずは仮眠と決めて、車の中で浅い眠りに入ったのであった。

うとうとして間もなく、外がやけに騒がしいと眼を覚ますと、登山者の車が次々とやってきて、眼の前を登山装備の二、三人が登山口へ向かって歩き出している。時刻はちょうど五時と、周りはすでに明るくなっていた。まぁ慌てることはあるまいと、車から出て登山の準備にとりかかった。

二リットルのペットボトルから水をザックに背負う水タンクに注ぎ込み、着替えの衣類と少しの食料、そして車の外で登山装備に着替えをしたあと、一旦車を離れ、トイレに向かった。登山口の登山者名簿の記入箱の脇に、「駐車場使用者は百円」と書かれた協力金を入れる箱、清岳荘の中に入ると、トイレ使用一回百円の協力金納入箱が置かれていた。

登山スタートは、ちょうど六時となったが、前も後ろも登山者が歩いており、これまでの身近な登山の一人登山とは違う感覚となった。遠く北海道の知床半島の付け根、斜里岳にやって来たが、人が大勢いることが少し驚きでもあった。

なぜ斜里岳を選んだのか、北海道登山で最初に目指したのは利尻山（岳）だったが、春五月とはいえ残雪の雪山でもあり、未熟な装備もあって、未登頂で終わってしまい、次に目指す斜里岳は、その登山経路に魅力を感じる山の一つであった。

それは、川を何度も渡り返して登り、滝となって流れ落ちる沢の岩場を登る魅力に、取り付かれたからに他ならない。

天候はあまり良くないが、雨が降ってくる気配はなく、時折、光が射してくる。心地よい期待通りの登りが始まって二時間あまり、次々と後ろから登山者のグループがやって来る。その度に道を譲り、自分のペースを守って登る。

登り初めて三時間半、遂に滝が流れ落ちる沢の岩場を登り詰め、旧道コースのこの滝登りコースと新道コースが交わる上二股分岐まで登ってきた。時刻は九時三十分、下山途中の登山者ともすれ違い始めたが、ここからは川の流れはなくなり、胸突き八丁の急な登りが続き、ガレ場が現れて馬ノ背となる手前から強風が凄い。

岩場を這い蹲って馬ノ背の尾根に立ったところで、三、四〇メートルはあろうかという爆風に立っていられない。馬ノ背に立つ太くて長い標柱にしがみついたが、それは九合目の標柱だった。それでも立つことが容易ではなく、爆風にもっていかれれば、馬ノ背の尾根を転げ落ち、数百メートルの谷底へ転落する運命か、必死で這い蹲って頂上へ向かう尾根の先、ハイマツの下に逃げ込んだ。

そこから三、四十分だろうか、強風と靄が吹き付ける中を必死に歩き、遂に頂上に立った。馬ノ背ほどの爆風ではないが、強風の舞う頂上では、眺望も何もない。じっと足を踏ん張って十分ほどか、靄が時折強風に煽られて、一瞬の見通しがきく瞬間もあったが、晴れ間はのぞきそうもない。十〜十五分くらいで下山を決断するしかなかった。四時間四十五分を要して、遂に斜里岳登頂を果たしたのであった。

上二股まで下って、今度は新道の下山ルートを取った。もちろん登って来た滝登りコースを下っても良いのだが、靄はやがて霧となり、足下は全体に濡れ始めてもいて、誰一人危ない滝登りコースを下る人などいない。この下山ルートも大変だった。下山なので大抵は下りなのだが、違った。登りが続く。

熊見峠という頂上を目指して登って来た沢の右手の尾根へ登って行くのである。それも峠が三段の峠となって登り切ると、最初に登ってきた沢へと一気に下っていく。登り一時間あまり、下り一時間あまり、そして割に平坦な川を渡り返して一時間あまりの、トータル三時間半を下山にも要したのであった。

登頂後の夕方、知床の宿泊先ホテル「地のはて」で息子と落ち合って、翌日は、羅臼岳登山の予定だったが、早朝から強めの雨となり、断念となった。

二人とも是が非でも登るという根性など持ち合わせてはいない。結局、知床観光巡りに切り替えてしまった。

こうして、ホテル二泊とフェリー泊（車中）による四泊五日の旅、今年十六座目の登山は終わった。

（二〇一九年九月）

空間（宇）と時間（宙）

四十六億年前、太陽の周りには深い深いガスと岩塊が浮遊し、多くの岩塊がぶつかりあって惑星が誕生していく。そんな太陽系銀河が誕生の時代に、地球の姉妹惑星、火星の四十億年前は海が存在し、その時代の地球は、強い酸性の海と有毒な大気に覆われていた。多くの銀河系に共通する恒星と惑星の特徴としては、特大級の惑星がひとつに形成されている事例が大半だという。太陽を周回するガスと岩塊が太陽の引力によって、大きなひとつの塊となっていくのが、自然の宇宙物理学上の法則のようであり、常識だというのである。

しかし、私たちの住む太陽系は、太陽、水星、金星、地球、火星、木星、土星、天王星、海王星（かつては……冥王星）と、多くの惑星が太陽を中心に形成される結果となった。

特異なケースだというか、通説を覆すこの太陽系銀河の存在は、稀なんだそうである。

火星と木星の間には、惑星となれなかった無数の岩塊が、木星軌道と同じ周期、同じ方向に周回しているが、四十億年ほど前に、太陽系銀河も多くの共通する銀河同様に、木星が太陽に接近し、周囲の岩塊や火星などの小惑星を吸収して、特大級の惑星へと成長する軌道を形成していた時期があったそうであるが、なぜか接近軌道を止めた。なぜかは不明であるが、推論では、その外側を廻る土星の引力と共鳴とも……。そのため現在の太陽系が存在しているという。通説通り、木星がその運命を握り太陽を周回するひとつの惑星へと成長していれば、人類が誕生し、多様な動植物が育つ環境の豊かな地球の誕生はなかったのである。


さて、このように宇宙は、ひと言では語れないし、宇宙論の理解は簡単ではない。詳細な説明すら、とても私にはできない。たとえば、宇宙はいつ誕生したのか、宇宙はどんな形か、宇宙の誕生からの年齢は何歳なのか、といった答えをあなたは知っていますか。

ビックバーンから今も宇宙は膨張し続けていると、しかし、宇宙は膨張もすれば収縮もするともいうが、真実は解明されていない。多くの宇宙論を学ぶと、これも一説だが、膨張する宇宙の速さから宇宙の大きさがゼロになる時間を逆算すれば、宇宙年齢は求められるという。膨張速度を逆にたどり、逆算で求めるのか？　しかし、宇宙の密度ある物質で膨張は減速を受けるため、収縮限界の物質密度Ω《オメガ》より求めることができるという、難解なる理論だという。

アインシュタインは、宇宙は永遠不変なもの、変わることのない存在だと信じ、静止宇宙モデルを確立した。重力場方程式なる変形として、重力つまり万有引力によって収縮しようとする宇宙を押し返す斥力《せきりょく》（反発力）があって、空っぽな空間同士が互いに反発するような働きをする「宇宙項」Λ《ラムダ》により、万有引力とこの「宇宙項」による宇宙斥力をつり合わせて、膨張も収縮もしない宇宙モデル理論を確立したのである。

しかし、ハッブル望遠鏡によって、宇宙は膨張し続けていることを観測によって裏付けられて、静止宇宙モデルをアインシュタインは、取り下げた。それならば、もはや宇宙なるアインシュタインの理論は、失敗を歴史に残す単なるモニュメントであって、忘れ去られるべきなのに、現状での宇宙論の分野では、「宇宙項」Λ《ラムダ》が存在するとした宇宙モデル論文が多数発表され、「宇宙項」は復活したともいう。ビックバーンから今だ膨張し（収縮せず）続ける宇宙の限りない時間が止まる瞬間、つまり、宇宙が無となる時は、どれほど先のことなのか。宇宙は「無」から生まれたのだろうか？。そう説く学者もいるらしいが、「無」は「無」のままではなく、有と無の間を量子的に揺らぐ、物理的「無」であったという。そして「無」から創生した宇宙は、たちまち劇的な膨張をしたという「インフレーション宇宙論」へと展開する。

ここまで書いていうのも何だが、私は元々、天文学というか、この分野も大好きである。山登り以外では、時々、天文学の文献を読み、新聞記事でも宇宙や天文学に関する記事をよくスクラップする癖がある。

今、読んでいる本は、『思惟する天文学―宇宙の公案を解く』という本である。とても難しく、購入から五、六年にもなるが、十人の天文学者の論文を解りやすく解説し、一九九四～一九九五年次の論文と、十七年後の二〇一二年次の対比論文を収録した本なのだが、購入直後に一人の論文を読んだ後、手にも触れず本棚に置いてあったもので、五、六年を経て、最初から読み始めた。

しかしこの本、副題である「宇宙の公案を解く」という「公案」も、意味不明なのだが、「あとがき」に説明があったので、紹介する。

「公案」とは、禅の世界で導師が弟子の修行の手助けをするために出題する課題のようなものとある。辞書でも調べてみると、「公案」とは、禅宗で参禅者に悟りを開かせるために考えさせる問題とあった。言い換えれば、副題の意味は、宇宙の難題を解くとでも訳すのだろうか。

一方、本題の「思惟する天文学」も、ちょっと訊き慣れないが、いい換えれば、これもまた、深く思考する天文学とでも訳すのだろう。大変難しく、読み進めること自体が理解になかなかつながらないという困難さの中でも、興味が尽きない宇宙の謎に迫りたいという好奇心だけが、山登り同様に、挑もうとする私を支えているのかもしれない。

私のこれまでの理解度を記載してみよう。

・宇宙はどれ位の大きさで、どんな形？

その大きさを観測値と想定に頼って、想定したとしても限りない大きさをなかなか表現し切れない。そこで、大きさはともかく卵の形と考えて見てはどうだろう。

・宇宙の膨張と収縮とは？

物質同士は、その引力でお互い反発し合って膨張したり、真空間では収縮したり……ただ、真空間でも斥力（反発力）が働くという理論もあり、謎が多いが、真空間を運動する質量を持った物体により、空間は歪み、波となって伝わる重力波という理論も、アインシュタインの予言なのだが、この重力波は現在実証されて、ブラックホール観測に活用が期待され、ＩＬＣ誘致が話題となる昨今、この宇宙の膨張と収縮などの多くの謎に迫る時代を迎えている。

・宇宙誕生からの宇宙年齢は？

宇宙物理学の理論上、密度パラメーターΩ《オメガ》とハッブル定数Ｈ０《エイチゼロ》等のよく理解できない定数等々、前にも触れた逆算の理論上から計算された宇宙年齢は、百三十七億年と、極めて正確に算定されているのだそうだ。

恒星の終末期、太陽よりはるかに重い星は、超新星爆発を起こし、中心にブラックホールが誕生するというが、その終末の爆発の光を何億光年も先からの何億光年も前に発した光をとらえ観測し、多くの推論を企てる宇宙論の真実を積み上げれば、太陽系に住む私たち人類の住む地球も約五十億年（八十億年の寿命で、四十六億年経過とすれば、三十四億年だが！）後、太陽が膨張肥大し、終末期の新星爆発で太陽系銀河も消滅する？……。最近では、重い質量とはいえない太陽の超新星爆発はなく、膨張肥大にて耐え切れない暑さが地球を襲い、生き残りを懸けた人類地球の英知が結集され、地球が生き残る可能性すら推論をする学者もいるようです。いずれにしても、何億年もの時を経て、新しい銀河が誕生するという歴史の世界、空間と時間の世界が宇宙そのものなのだろう。

（二〇二〇年一月）

あとがき

一九七〇年代初頭から二十一世紀も二十年経過した二〇二一年という長くもあり、短くも感じた半世紀の時が過ぎ、人生の終盤を迎えている。

今、この時も私の人生に暗雲が潮流のごとく押し寄せている。

認知症、精神疾患、幻覚に襲われて、自分を取り戻すことのないだろう兄が、悪態の数々を吐いて……。とっくに親世代もなく、私以外に頼れる存在のない兄がいる。

私自身の命（生涯）がいつ尽きても悔いのない生き方に対して、「無」からの揺らぎ、計り知れない宇宙の暗闇とでもいえるような暗雲が見えたかのようだ。

書き綴って来た想いを総まとめにして、これが私の生きた証だと、最後にここに書き残したいとの想いだったのだが……。それはともかくとして、本来的な「あとがき」に戻りたい。

それは、地球環境の悪化、干ばつ、豪雨、山火事が何をもたらすだろうか、ということ。二二世紀には、まだ先のある二〇二一年だが、地球世界の人口は七十億ほどだが、二〇五〇年には百億人だとか？

現在でさえ実質飢餓人口は、八億人あまり、百億人口となった地球世界で何が起こっているのだろうか。

飽食の時代といわれて久しいが、世界の先進国や新興国では、飽食の文化が生み出した捨てられる食品ロスが、日本だけでも年間六〇〇万トン、毎日に換算して一〇トンダンプ千七百台分にもなるという。

一方で、広大な農地に単一栽培のトウモロコシや小麦などの穀物が、大地の栄養、地下水を吸い尽くしていく。牛肉一キログラムを作り出すために六、七キログラムの飼料穀物が消費されるという。例えば、アメリカの穀倉地帯である大農場では、地下六〇メートルからの地下水を汲み上げ、トウモロコシなどの単一栽培が行われており、十年もすれば地下水が涸れる危機が間近に迫っているとの予測がされている。

このような飽食世界では、多種多様な食品、食べ物に加工され、賞味期限を過ぎた廃棄物が捨てられていく……。

その一方で、飢餓に喘ぐ飢餓難民は増大し、極限の格差社会が暴動へと進行していくだろう。世界のこれまでの耕地は、砂漠化の一途を辿り、新たな開拓農地を求めて熱帯雨林や数限りない森林伐採が、温暖化、気象変動に拍車をかけ、食糧難と驚愕の新型ウィルス・疫病が蔓延した想像を絶するパンデミックを産み落とす結果が、すぐそこまできているのである。

二〇五〇年までわずか三十年たらず、そんな地球世界をあなたは想像できるだろうか？福島原発の廃炉作業すら完結しない、そんな三十年後の地球世界に絶望するだけの力ない人類ではないはずと信じたい。

地球環境の破壊を止め、自然のリジリエンス（立ち直る力）と「ワンヘルス」の考え方に取り組むことが大変に重要なのである。

「ワンヘルス」とは、人、動物の健康、生態系の健康をひとつの健康と捉え、地域、国、世界で活動する、複数の分野の取り組みの概念である。

産業革命以来、急速拡大した大量生産、大量消費、大量廃棄の経済、利潤優先の経済社会下で、人間と自然の均衡は失われてしまった。根本原因に対処しなければ、次の感染症の流行だけでなく、人類存亡の危機が迫っている。だからこそ、新たな対処法として提起されている「ワンヘルス」。たった一つの地球で、人間、動物、自然（生態系）の健康を一体として捉え、保全すべきとの考え方である。

その対処としての改革、グリーン・リカバリー（環境に配慮した景気回復）のため、石炭火力の計画的廃止、再生エネルギー普及で、二〇五〇年までの二酸化炭素排出実質ゼロの実現に取り組み、人も動物も環境も、みんな健康に「ワンヘルス」で対処する……自然との共生の道を確実としなければならないと思う。

しかし、危ぶまれる真相を私は現代社会の一端から垣間見た想いがしている。捨て去ることのできない危うさ・危惧を禁じ得ないのである。「路上の凶器」でも、その一端を書いたが、……自分の関心事以外には、あまり興味も寄せない社会は、隣人の生活さえ関わりのないことであり、希薄な人間関係は、人の心の奥底までは見通せないまでも、孤立していく人間社会の病を肥大させていく。つまり、自由なる故の身勝手さも許すことで、誹謗中傷も含めて、個人の自由と受け流す社会風潮を生み、やがて何が真実で、何が正しいことかの区別さえされないままに、極端にいえば、社会悪をも正義と履き違えることにもなり兼ねない……と。

あとがき

現代の自由主義経済と科学技術は、個人の欲望を大いに発揮させ、その能力を拡大（肥大）する方向へ人間を導いてきたのかもしれない。個人が孤立し、頼るべき人々の輪（連帯）を失い、もはや保険・社会保障制度などに頼るしか、自分や家族を守れなくなっている。労働と暮らしを支えてきた企業とて、様変わりし、生涯にわたって身を預ける組織ではなくなってきた。血縁、地縁も薄くなった人々をつなぎとめてきた社縁までも崩壊しかけているように思う。雑草のように這い上がるどころか、根無し草のようになった人々が、自分の利益や安全しか考えに及ばず、互いに非難し合う全体社会では、環境倫理を押し進めようとしても、まさに動力源が働かない社会となる。

三十年後を予測の地球世界を、差し迫った真実と捉える指標として、何をもって人々に説くことが地球を救うことなのだろうか。

地球とは、稀にみる偶然と偶然にも恵まれて、森羅万象が宿る人類の財産であり、かけがえのない世界だという「ワンヘルス」の精神を人として掴み取ってほしい。美しいもの、喜びを与えてくれるもの、安心と慰め、癒しを与えてくれる地球・自然に畏敬の念をもち、限りある人一人の人生を豊かに生きて欲しいと願う。

妻に先立たれて半年後にやっと我に返り、幼少期の山野を駆け巡った思い出が私を救ってくれた。そして二年後からは、山登りに毎週末には挑戦する日々が五年目を迎えようとしている。その記録集「岩手の自然に親しんで」も第五集になる今年、そろそろの山登り開始が迫っている。自然の中に一人身を置く時、言葉でも文字であっても表しきれない安らぎと安堵感に満たされる。それは、まさに至福のときとしか言い表せないのである。

二〇二一年五月

鈴木　守（すずき　まもる）

1953年　12月　　岩手県生まれ
1972年　３月　　岩手県立久慈高等学校（土木科）卒業
1972年　４月　　建設省入省
2014年　３月　　国土交通省退職（定年退職）
2014年　５月　　建設コンサルタント会社勤務

好きな本や映像・番組　：　ノンフィクション、エッセイ、天文学書、歴史・時代小説、歴史記録解説書、登山・自然紀行番組、ドキュメンタリーなど
好きな作家　：　吉村昭、松本清張、池波正太郎、藤沢周平、津村節子、阿川佐和子、佐藤愛子など
趣　　味　：　渓流（源流域）釣り、山登り

潮流列島

2021年８月31日　初版発行

著　者　　鈴　木　　守
発行者　　明　石　康　徳
発行所　　光　陽　出　版　社
〒162-0818　東京都新宿区築地町８番地
電話　03-3268-7899　Fax　03-3235-0710
印刷所　　株式会社光陽メディア

ISBN 978-4-87662-630-4 C0093